D+
dear+ novel
La maison pleine d'amour・・・・・・・・・・・・・・・・・・

溺愛スウィートホーム

鳥谷しず

新書館ディアプラス文庫

溺愛スウィートホーム

contents

illustration & comic: 橋本あおい

溺《でき》愛《あい》スウィートホーム

Dekiai sweet Home

駅ナカの店で買ったばかりのTシャツに着替え、いつも特に印象的だと言われる長く濃い睫《まつげ》に縁取《ふちど》られた黒目がちの双眸《そうぼう》を太い黒縁の伊達眼鏡《だてめがね》で覆《おお》ってぼやかす。仕上げにややフェミニンなニットキャスケットの中に髪の毛を押しこんだ姿が普段の自分とはかけ離れていることを鏡で確認して、公園のトイレを出ようとしたときだった。

園内を包みこむ蜩《ひぐらし》の波紋を縫って、「ねえ、見て、見て」と若い女の声が高く響いた。

「コミハナ、会見してるよ。年の離れた人を好きになっちゃいけないなんて法律でもあるんですか、だって」

「えー。これだけ世間をお騒がせしといて、そういう逆ギレはよくないと思ーう」

今、自分がこんな格好でここにいる遠因を作ったアイドルの不倫騒動が話題にされている。思いがけず耳にした名前につられ、櫻本遥《さくらもとはるか》はトイレの出入り口から視線を漂《ただよ》わせた。

直後、スマートフォンを片手に歩いてくる少女と目が合う。化粧は濃いが、「コミハナ」こと小宮華《こみやはな》と同じまだ二十歳前だろう彼女はすぐさま隣の少女に何かを囁いた。

少女たちは遥を見やりながら「スタイル良すぎがいかにも～」と笑い合い、駅のあるほうへ歩いてゆく。

初めて着てみた、肌にぴったりと貼りつくタイトなTシャツは、普段は気にして、できるだけ隠していることの多い母親似の繊細《せんさい》な身体のラインと透き通る肌の白さを強調している上に、乳首《ちくび》の形がくっきりと浮き出ている。変装と一発勝負のためとは言え、自分でもあからさますぎる姿だと思う。

もし「一般人」に見られたらきっと笑われるだろうが、べつに気にしないと決めていたのに、やはり少し恥ずかしくて落ち着かない。

遥はうつむき加減に、少女たちとは反対方向の公園の奥へと足を進めた。

今晩、泊めてもらう伯父《おじ》夫婦には、同期の友人と二時間ほど会ってくると伝えて出てきた。あまり遅くならない時間に戻るためには、遠すぎず近すぎずの場所がいい——。そんな理由で選んだこのハッテン場は、伯父夫婦の住む南麻布《みなみあざぶ》から電車で十五分ほどのところにある駅前公園だった。

緑の多い夕暮れ時の公園は、夏の名残《なごり》をはらんで少し蒸し暑い。そこそこ広い園内をゆっくりと歩いて一周し、遥はベンチに腰を下ろす。

ここになら自分を抱いてくれる男がいるはずだと期待したのに、目につく範囲にそれとわかる人影はなかった。あの少女たちのほかには、駅方向へ急ぐ制服姿の学生やサラリーマン、犬の散歩をしている年配者を何人かぱらぱらと見かけたくらいだ。

遥は小さく息をつき、頭上を見上げる。

三年ぶりの東京の空には、一番星と丸い月が浮かんでいた。だが、月影はぼんやりと淡かったし、蜩の鳴き声を吸いこむ空も明度がまだかなり残っている。

辺りに漂う夜の気配がごく薄いせいなのか、男たちがいっときの交わりと快楽を求めて集まる場所にふさわしい淫靡《いんび》さを少しも感じない。

もっと暗くなってから来るべきだったのだろうか。それとも、二十九歳にもなってセックスどころか恋すらしたことがないせいで、どこかから発せられているサインに気づけていないだけなのだろうか。

不安の漣《さざなみ》が胸に広がってゆくのを感じながら、遥は視線を足もとへ移す。

先週まで遥は大阪にいた。あと一年半は大阪勤めの予定が、急な辞令が下りて東京に戻ることが決まったのが数日前。引き継ぎと引っ越しの手続きに奔走《ほんそう》しつつ、鎌倉の実家に転勤を知らせ、都内に住む母方の伯父にも連絡をした。東京に着くのは着任日の前日でまだ官舎には入れないため、鎌倉よりも通勤に便利な母親の実家に一晩泊めてもらおうと思ったのだ。

すると、しばらく東京勤務になるならちょうどいいと喜んだ伯父に、少し前から持ち上がっていた縁談話を一気に進められてしまった。写真を一度見ただけの相手と近いうちに、もしかしたら今週中にも結納を交わすことになるかもしれない事態にまで。

だから、遥にはもうないのだ。

性癖《せいへき》を自覚したときから夢見てきた、運命の相手と出会う時間が。

『今どき珍しい大和撫子《やまとなでしこ》なお嬢《じょう》さんらしくて、麻布の伯父さんがとっても気に入っちゃったのよ。あなたのお嫁《よめ》さんにぴったりだって』

最初にこの縁談のことを母親から聞かされたのは、盆休みの帰省中だった先月だ。

『でもね、そのお嬢さんは東京以外に住むのを嫌がってるそうだから、残念だけど断られちゃうかもしれないわねぇ。ま、だけど、お母さんは、そのほうがいいかもって思ってるのよ。あちらの関口《せきぐち》さんはかなりの資産家らしいけれど、まだ新しいお家だもの。うちとはちょっと格が違いすぎるわ』

嫁入りした身だからこそなのか、家系図が千年以上前に遡《さかのぼ》る櫻本家の格式を守ろうとする思いが強い母親のそんな思惑《おもわく》に反し、この縁談話が立ち消えになることはなかった。代議士で与党の幹部でもある伯父と、政界との繋《つな》がりが深いという相手側の関口家とのあいだに何か大きな利害の一致があったらしく、ふたりが急速かつ着実に結びつきを強くしていたからだ。

しかし、そうした事情などまるで知らなかった遥は、何年かおきに東京と地方を行き来しなければならない自分を相手側が気に入ることはないだろうと呑気《のんき》に考えていた。

それだけに、何の心の準備もないままいきなり結婚が現実味を帯びてしまい、ひどく戸惑った。どうしようと散々迷いはしたものの結局、拒《こば》めなかった。両親や、両親よりもずっとこの縁談に乗り気な伯父に、自分の性癖を打ち明ける勇気も持てなかった。

家でも学校でも職場でも、周囲から賞賛を送られる優等生として生きてきたぶん、眉《まゆ》をひそめられ、詰《なじ》られるとわかっていることを口にするのが怖かったのだ。――どうしようもなく。

そんな臆病《おくびょう》さゆえに、決して愛せないことが最初からはっきりしている相手と結婚するのは不誠実だ。そのせめてもの罪滅《つみほろ》ぼしとして、結婚後は「良き夫」となる努力を最大限にしなければならないと遥は思っている。

それは紛《まぎ》れもない本心だけれども、本当の自分を心の奥底へ葬り去る踏ん切りをつける前に一度だけ、同性同士での経験をしてみたかった。

そのために、ここへ来たのだ。声をかけられるのを呑気に待つ気はなく、そうだと確信できる者がいれば手当たり次第に自分から誘うつもりだった。

なのに、どこを見回しても、目に入るのはのどかな夕暮れ時の光景で、遥の望みを叶《かな》えてくれそうな男は見当たらない。

ひょっとすると、来る時間が早すぎたというより、選ぶ場所を間違えたのだろうか。ネットで検索したときにはうっかり確かめ忘れていたが、情報が古かったのかもしれない。

ジーンズのポケットからスマートフォンを引っ張りだし、ブラウザを開いて確認しようとしたとき、頭上から影が落ちてきた。ついで、視界にジーンズをはいた長い脚が映《うつ》る。

「こんなところにいると、危ないぞ」

顔を上げると、背の高い男が立っていた。

おそらく遥と同年代の、三十前後だろう。癖《くせ》のきつい長めの黒髪に縁取られた顔は日本人離れして彫りが深く、その目鼻立ちは非の打ちどころのない彫塑《ちょうそ》のように整っている。Tシャツの上に半袖《はんそで》シャツを羽織った長身も羨《うらや》ましい完璧《かんぺき》さで均整が取れており、男の美貌《びぼう》をよりいっそう魅力的なものにしていた。

眼前に濃くしたたってくる圧倒的なまでの華やかさに、遥は思わず息を呑んだ。

「——危ないって、何が？」

普段なら初対面の相手には必ず敬語を使うけれど、呆《ほう》けていたせいで砕《くだ》けた言葉がぽろりとこぼれ出た。

「ゲイ狩り。夏休みのあいだ、ここで何件か続いたんだ」

「え……」

「犯人はまだ捕まってないから、今、そういう目的でここをうろつくのは危険だぞ。鉄パイプ攻撃待ってます、って看板背負ってるようなものだからな」

そう言って、男は二重《ふたえ》まぶたがくっきりとしていて形のいい双眸を細める。

格好が格好なので、男には遥がゲイだということが丸わかりのようだ。しかし、先ほどの少女たちに抱いたような恥ずかしさは感じなかった。

男の目がとても優しく、遥を嘲《あざけ》る色などかけらも浮かんでいなかったからだ。

「そんなわかりやすい格好でここにいるから、もしかしたらと思ったけどさ、やっぱり知らなかったみたいだな」

「……東京は久しぶりだったから」

もし、何かトラブルに巻きこまれ、警察沙汰《ざた》にでもなったりすれば、遥が個人的に恥をかくだけではすまない大問題に発展する可能性もある。

候補地はほかにも何ヵ所かあったのに、よりにもよってこんな場所を選んでしまった自分の迂闊《うかつ》さを内心で責めつつ、遥は慌てて立ち上がる。

教えてもらった礼を言おうとした遥に、男が先に口を開く。

「恋人を探したいなら、もっと安全なところへ行ったほうがいい。どこにあるかわからないのなら、案内しようか？」

ただ優しいばかりの男の目からは色めいたものを感じなかったので、てっきり単なる親切な通行人かと思っていた。

だが、「案内しようか」ということは、男も遥と同類らしい。

遥は少し考え、意を決する。

「――恋人を探してるわけじゃないんだ。案内をしてくれる時間があるなら、俺とつき合ってくれないか？　一時間でいい」

どうにか無表情を装い、遥は「あそこで」と公園に茂る樹の向こうに見えているビジネスホテルを指さす。

自分の望みを叶えてくれる相手に対してえり好みをする気などまったくなかったけれど、せっかくこうして出会えたのだ。同じ行きずりのセックスをするなら、優しい目をしたこの男がいいと遥は思った。

「何があったのか知らないが、自棄《やけ》になっての暴走は後悔しか生まないと思うぞ」

男は淡い苦笑いを浮かべ、諭《さと》す口調で言った。

人並み外れて美しい容貌《ようぼう》にふさわしく、艶《つや》を帯びた声もなめらかで耳に心地いい。

「一時間くらいなら大丈夫だから、話、聞こうか？　まずは鬱憤《うっぷん》を吐き出して、冷静になったほうがいい」

「べつに自棄になってるわけじゃない」

遥はまっすぐに男を見据《みす》え、首を振って意思を示す。

「今すぐセックスがしたいだけなんだ」

うるさく響く鼓動《こどう》を無視し、遥は布地を持ち上げる乳首を見せつけるように胸を突き出す。

しかし、男はその端整な顔に驚きの表情を広げただけで、数秒経《た》っても誘いに応じる返事はなかった。自分が男の好みのタイプではないのか、男に恋人がいるのか、あるいは情報を持っているだけで自身はゲイではないのか——。男が頷いてくれない理由はわからないものの、とにかく拙《つたな》い誘惑は失敗したようだ。

「……迷惑ならほかを当たるから、ここから一番近い場所を教えてほしい」

心臓がひっくり返ってしまいそうな動揺をどうにか押し殺し、早口に告げる。

「いや、迷惑ってことはない。ただ、さっき飲んだビールの酔《よ》いが回って、自分に都合のいい幻聴を聞いてるのかと思って、びっくりしてた」

聞こえてきた言葉に少しほっとしつつ、遥は念のために問う。

「それは、俺の相手をしてもかまわないという意味か？」

「俺でよければ」

そう言って笑んだ男はなぜか半袖シャツを脱ぎ、遥に着るよう促《うなが》す。

「ふたりきりの密室でならじっくり観察したいところだが、こんな公共の場じゃ目のやり場に困るからさ」

要するに、はしたなく突き出た乳首を隠したほうがいい、ということらしい。それを理解したとたん何だか無性に恥ずかしくなり、遥は袖を通したシャツの前をかき合わせる。すると、香ばしい匂いが鼻先でふわりと舞った。

何の匂いだろうと首を傾《かし》げた遥に、男が淡い苦笑いを向ける。

「さっきまで焼き鳥屋にいたから臭《くさ》いだろうが、ちょっと我慢してくれ」

我慢しなければならないほど臭くはないと答えようとして、遥は男がかすかに酒の匂いを漂わせていることに気づく。

今日は火曜で、まだ十九時にもなっていない。なのにこの軽装で、もう飲んでいるということは普通のサラリーマンではないようだが、どんな仕事をしているのだろうか。

気になって尋ねかけ、だが考え直してやめた。

不用意にこの優しい男のことを知るのは危険な気がした。一度だけ、男同士で肌を重ねる経験をしたいだけのつもりだったのに、何かべつの感情が生まれてしまうかもしれないから。

「……代わりに頼みがある」

おかしな言い種だと思いつつ声を放つと、男が「何だ？」と目もとを甘くたわめる。

「お互いに名乗らない、素性《すじょう》は聞かない、終わったら今晩のことはすべて忘れる、ということにしてほしい」

男は怪訝《けげん》そうに片眉を少し持ち上げたが、ややあって「わかった」と頷いた。


ふたりでホテルへ向かう途中、通りがかったコンビニの前でふと男が立ちどまった。

「ちょっと寄ってくる。普通のビジネスホテルじゃ、必要なものは何も置いてないだろ？」

いたずらめいた声音で囁いた男に、遥は「俺が持ってるからいい」と返す。

遥のジーンズのポケットには、駅ナカのドラッグストアで買ったコンドームとチューブ式のローションが入っている。公園で事に及ぶつもりはさすがになかったものの、どんな状況でいつどうなってもいいための準備だ。

明日、着任する新しい職場でもし歓迎会や関係団体との懇親会《こんしんかい》が続けば、しばらくは夜遅くまで拘束される生活になるだろう。そのあいだに結婚話が纏《まと》まってしまう可能性は高く、結納を交わしたあとで不貞を働くような真似はしたくない。

自由に行動できるのは、今晩だけかもしれない。そんな焦りからの用意周到ぶりに男がどんな反応を示したかを確かめる勇気はなく、遥は視線を落として「早く行こう」と歩き出す。

ホテルに到着すると、それまでは並んで歩いていた男が足を速め、遥の先を行く。ごく自然に自分の前に立ってフロントへ向かおうとする広い背に、遥は軽く手を置く。

「誘ったのは俺だから、チェックインは俺がする」

内心ではとても緊張していた。心臓が痛いほどに飛び跳ねていたけれど、慣れている顔で淡々と男を制した遥はフロントでツインルームをとり、前会計をすませた。

部屋へ入り、先に男にシャワーを勧めた。浴室から漏れてくる水音を聞きながら遥は帽子を脱いで、コンドームとローションをジーンズのポケットから取り出す。それをベッド脇のサイドテーブルに置いて、部屋の中を見渡す。

ベッドがふたつ並ぶ空間に窮屈《きゅうくつ》さはない。さすがに高級ホテル並みとはいかないものの、黒のモダンなインテリアで統一された空間は雰囲気がよく、清潔だ。深く考えずに選んだ近場のホテルだったが、最初で最後の経験をする場所としては悪くないと思った。

そんなことを考えていると、男が腰にバスタオルを巻いて出てきた。贅肉《ぜいにく》などかけらも見当たらない、鋭く引き締まった身体だった。

思わず見惚《みと》れかけたとき、男が遥と視線を搦《から》め、破顔した。

「焼き鳥臭、取れてるか？」

緊張と高揚感《こうようかん》が響き合う心臓が飛び跳ねて痛い。

ああ、とどうにか一言だけを返し、遥は自分も浴室へ入る。少し温《ぬる》めのシャワーを落ち着くまで浴び、このあとのシミュレーションをしながら身体を拭《ふ》く。そして、眼鏡だけをかけた裸の格好で外へ出て、持っていた服を奥のベッドの上に置いた。

それからおもむろに、備えつけの冷蔵庫のそばでミネラルウォーターを飲んでいた男のバスタオルを引っ張った。あらわになったペニスは遥のものよりも一回り近く太く、とても長かった。雄々《おお》しい形状で見事に尖《とが》っている亀頭《きとう》のふちはぶ厚く、ペニスの根元からのぞいている陰《いん》嚢《のう》も見ているだけで重さを感じるほど大きくたっぷりとしている。

——こんなものが、初めての自分の中に入るのだろうか。

一瞬、怯《ひる》みそうになった心を奮《ふる》い立《た》たせ、遥は男のペニスを握る。

こんなふうに大胆に行動することが、未体験のカムフラージュになると思ったのだ。

「キスも前戯《ぜんぎ》もいらないから、早くこれを突っこんでくれ」

こちらから誘ったにもかかわらず、当たり前のようにセックスの準備に気を回してくれたり、ホテル代の支払いをしようとしたりしたこの男に、初めてだと悟られたくなかった。

恥ずかしいからではない。自分が未体験だと知れば、この男は面倒な相手だと興醒《きょうざ》めするのではなく、おそらく配慮した抱き方をしてくれるだろう。

だが、そうされるのは嫌だと遥は思った。男が本当に、自分が感じている通りの人物なのかはわからない。けれども、少なくとも今は秀《ひい》でているところしかないように見える男に優しく抱かれて、のぼせ上がらない自信が遥にはなかった。心残りをなくすために求めたセックス体験なのに、それが結婚への障害になりでもしたら、まったくの本末転倒になってしまう。

「そういうプレイが好きなのか？」

淡く苦笑した男のペニスを握ったまま、遥は「ああ」と返す。不審に泳いでしまっているかもしれない目を見せないように男の胸もとへ額をすり寄せ、「早く」と吐息で催促《さいそく》する。

「ずいぶんせっかちなんだな」

背後の窓枠《まどわく》に飲みかけのペットボトルを置いた男の腕にいざなわれ、倒れた身体がベッドの上に沈《しず》む。ほとんど同時に、しなやかな動きで飛び乗るようにベッドに上がった男が膝立ちになって、遥の腰を跨《また》ぐ。ふたりぶんの重みに軋《きし》んだベッドの振動が体内に深く響き、腰の裏から突き上がってきた奇妙な熱が遥のペニスをゆるくしならせた。わずかに凝《こご》ったそれは中途半端な具合に弧を描いて勃起《ぼっき》し、男に丸見えの裏筋を淫《みだ》らに痙攣《けいれん》させた。

「眼鏡、外さないのか？　かけたままだと、危ないぞ？」

黒いフレームをそっと押し、男が言う。

「……かけたままする主義なんだ」

素顔の印象を少しでも曖昧《あいまい》なものにするために嘘をついた遥の顔をのぞきこみ、男はふわりと笑んだ。

「俺としては外してくれたほうが嬉しい。かなり好みの顔だから」

好みだと言われて悪い気はしなかったけれど、ますます外せなくなる。

「悪いが、外したらよく見えなくて、気分が乗らなくなるんだ」

「じゃあ、仕方ないな」

男は強要することなくあっさり退《ひ》いて、遥の陰嚢をやわらかな指遣《づか》いで揉《も》んだ。

「ちゃんと俺と同じものがついてるし、女っぽいわけでもないのに、嘘みたいに綺麗だな」

自分こそ目眩《めまい》を誘う雄《おす》の色気を濃密にしたたらせる男は、遥の半勃《はんだ》ちのペニスの裏側を根元からゆっくりとなぞり上げてゆく。

「んっ、……ぁ、あっ」

ただ皮膚《ひふ》をそろそろと撫でられているだけで、刺激としてはごく弱いものだった。なのに、腰骨が痺《しび》れるような快感が伝わってくる。徐々に先端へ近づいてくる指の動きに呼応して、ペニスは瞬《また》く間に硬く張りつめてゆき、右へ左へと揺れ動いた。それだけでなく、精路までひくつきはじめ、妖しく波打つ秘唇の奥からとろみを帯びた透明な雫《しずく》が溢《あふ》れ出《で》てくる。

「あ、あ、あ……」

自慰《じい》ではこんな短時間でここまで昂《たか》ぶった経験が一度もなく、遥は混乱した。恥ずかしくてたまらなかった。ほんの少し触れられただけでペニスを膨張《ぼうちょう》させ、先端をはしたなく濡らしていることや、初めて聞く自分の喘《あえ》ぎ声《ごえ》が――。

遥は思わず男の手を払うと、うつ伏せになって逃げるように伸び上がった。そして、サイドテーブルに置いていたチューブ入りのローションを握り、ベッドの上に落とす。

「もう触らなくていいから、早く、挿《い》れてくれ……っ」

伏せた格好のまま、遥は腰をわずかに持ち上げ、雄の侵入を誘う。

膨れ上がる羞恥心《しゅうちしん》が思考回路を縺《もつ》れさせているのか、セックスがしたい渇望《かつぼう》はあるくせに、知りたいことをさっさと知って帰りたい気持ちが強くなっていた。

「あちこち触られるとすぐに出るから……、嫌、なんだ。もう、挿れてくれ……」

ややあって、男が「わかった」と息をつき、拾い上げたチューブの蓋《ふた》をひねり開ける。

「相手を物扱《あつか》いしてるみたいなこんな抱き方、俺は好きじゃないけどな」

「……俺が好きだから、いいんだ」

「なあ。今まで一体、どんなセックスをしてきたんだ？　よけいなお世話だろうが、つき合う相手はちゃんと選んだほうが――」

遥の両脚を膝裏から抱《かか》えて引き寄せた男がふいに言葉を呑んで大きく目を見開いたかと思うと、ある一点を凝視《ぎょうし》して固まった。

男の視線の先にあるのは、遥の後孔《こうこう》だ。自分ですら見たことのないところを、男はじっと食い入るように見つめている。そう意識したとたん、全身が発火したように熱くなる。

咄嗟《とっさ》に身をよじりかけ、遥は気づく。肌に突き刺さる強さで向けられるその眼差しは、ひどく真剣だ。陰部を見て性的な興奮を覚えているのではなく、驚愕《きょうがく》している様子だった。

――もしかすると、自分のそこには何か見てすぐわかる異常でもあるのだろうか。

「なん、だ……？」

恥ずかしさよりも不安を感じて声を震わせた遥に、男は「薔薇の蕾《つぼみ》だ」と呟きを返す。

「え？」

「色も形もここまで完璧な美人アヌスは見たことがない」

感極まったふうに言って、男は抱えていた遥の脚をさらに引き上げた。

「なあ。少しだけ、」

男が何かを言いかけたとき、部屋の中に電子音が響いた。

熱のこもった鼓膜に不快に突き刺さるその音は、隣のベッドから聞こえてくる。見ると、服の上に置いていたスマートフォンが鳴っていた。

遥は職業病で、電話の呼び出し音を無視できない体質になってしまっている。鳴りやまない電子音に、肌を火照《ほて》らせていた熱が急速に引いてゆく。

「……出るか？」

身体を離した男に問われ、遥は頷く。ベッドから降り、液晶画面を確かめると伯母の名が浮かんでいる。伯母が電話をかけてくることは滅多《めった》にない。何かあったのだろうか。

スマートフォンを持って浴室へ移り、応答するなり「ああ、遥さん。よかった、出てくれて」とおろおろとした声が耳に届く。

『大変よ。あのね、理恵子《りえこ》さんが……』

いずれ遥の妻になる女性の名を口にした伯母は、声をひそめて続けた。

『駆け落ちしたらしいの』

遥は目を見開いて、言葉もなく驚く。

『関口さんが今、謝りにいらしてるんだけど、伯父さんがあんまり高圧的に破談だ、賠償請求《ばいしょうせいきゅう》だって怒鳴り散らしたものだから、あちらもかっとされたみたいで、どこで聞いたのか、尚嗣《ひさつぐ》さんの話を持ち出して因果応報じゃないかって』

そこから大喧嘩《おおげんか》、と伯母は困り果てた様子で告げる。

「あの、じゃあ、縁談のほうは……？」

『まあ、こうなっちゃうとねえ……』

ため息をついてから、伯母は遥を気遣ったのか、「でも、まだわからないわよ」と慌てたふうにつけ加える。

『伯父さんも関口さんもあなたと理恵子さんのこと、何人か親しい人にはもう話しちゃってるから、本心ではできるだけ丸く収めたいと思ってるでしょうし……。それにほら、理恵子さんだって、マリッジ・ブルーで突発的にしてしまった気の迷いかもしれないもの』

こういう時期の女心はとても複雑なのよ、と伯母は取りなす口調で言う。

『それはともかく、私ひとりじゃどうしたらいいかわからないのよ。いい歳をして、まさか取っ組み合いを始めるなんて馬鹿な真似はしないでしょうけど、伯父さんは尚嗣さんのあの話になると我を忘れちゃうから心配で……。お願い、遥さん。すぐ帰ってきてくださらない？』

「――わかりました。三十分ほどで戻ります」

一番肝心《かんじん》なことをまだ経験できていないのに。それに、あの男にどうやって謝ればいいのだろう。そんな未練や迷いはもちろん湧いたものの、途方に暮れている伯母を放っておくことはできなかったし、本当に破談になるのかどうかを確かめるためにも今は帰るべきだと思った。

こうした騒ぎになれば普通は破談だろう。しかし、この縁談には伯父と関口家の政治的な思《おも》惑《わく》が絡んでいる。理恵子の所在さえわかれば、どこかで双方の打算が働いて、当事者の意向を無視した結論に辿《たど》りつく可能性もないわけではない。

どちらに転ぶかは現状ではまだ不確かだが、この突然の中断自体はもしかすると喜んでいいのかもしれない。あの男は優しすぎる。最後まで知ってしまえば、今夜限りの行きずりの相手なのに、心を囚《とら》われていたかもしれない。たとえ破談になったとしても、挿入《そうにゅう》だけのセックスを求めたことに呆《あき》れていた様子のあの男とは、関係の発展など望めないだろう。

自分の首を絞《し》めてしまう状況に陥《おちい》る前に危険を回避できたのは、きっと運がよかったのだ。

電話を切り、謝罪の言葉を考えながら部屋へ引き返すと、ベッドの上で男が所在なさげにあぐらをかいていた。

「何だ。もう帰る、って顔だな」

遥が説明を始めるより先に察しよく言った唇には、苦笑いが浮かんでいた。

「……悪い。急用ができたんだ」

遥は目を伏せて、詫《わ》びる。

「そうか。それじゃあ、仕方ないな」

自分から誘っておいてこんな最悪のタイミングで帰るなど、暴挙以外のなにものでもない。この男が暴力をふるうとはとても思えなかったけれど、それでも嫌味のひとつやふたつは投げつけられて当然だと覚悟していた。なのに、男は優しい目を細め、苦笑するばかりだ。

やはり、挿入だけを欲した自分のこの身体を淫《みだ》らに汚れたものだと思い、最後まで抱かずにすんだことを内心で喜んでいるのだろうか。

敵前逃亡への罪悪感と、男が怒らなかったことへの安堵《あんど》。そして、自分でそう仕向けたくせに、誤解されてしまったことを残念に思うひどく勝手な気持ち——。複雑な感情を抱えて、遥は「申し訳ない」ともう一度詫びる。

「いや、いいさ。運が悪かったと思って、おとなしく諦《あきら》める」

男は肩をすくめたあと、「代わりに、また会えないか？」と尋ねてきた。

遥は驚いて、またたく。きっと軽蔑《けいべつ》されただろうと思っていただけに、次を求められて嬉しかった。だが、同時に返事の仕方に迷った。縁談話の行く末がまだはっきりしない状態で不用意なことを言えば、男も自分も傷つける結果になりかねない。

しばらく無言で考えてから、遥は「縁があったら」と答えた。

「縁があったら、か」

遥の言葉を小さく繰り返した男はベッドを降りて、備えつけのデスクの上のメモ用紙に何かを書きつけると遥に差し出した。受け取った紙片には「Heavenly Night」という文字と、三《さん》軒茶屋《げんちゃや》の住所が記されていた。

「俺の行きつけの店だ」

ゲイ専用の店ではなく、普通のピアノバーだと男は言った。

「縁がなくても、気が向いたら来てくれ」

「……そう、だな」

曖昧《あいまい》な言葉を返した遥を、男が何かを思案したような間を置いて「なあ」と呼ぶ。

「今晩の思い出、もらえないか？」

行けるかどうかわからないと考えていた遥の頭の中を見透かしたのか、男の目に宿る色は強かった。

「……何を？」

「薔薇の蕾を舐《な》めたい」

ひどく真剣な表情で告げられた「薔薇の蕾」が何を意味しているのかを思い出すのに、少し時間がかかった。

――「薔薇の蕾」とは要するに尻の孔《あな》だ。そうわかった瞬間は、思わず眉が寄った。思い出作りとは、一般的に大なり小なりロマンチックな行為のはずだ。なのに、わざわざそんな場所を舐めて思い出にしようとする変わった思考回路には面食らったし、もしかしたら、この男は変態的嗜好《しこう》の持ち主なのだろうかと戸惑いもした。

けれども、拒む気持ちは湧かなかった。男の要望に応じれば、自分の勝手な都合で振り回してしまったことへの詫びになると思ったのだ。

頷いた遥を男がベッドに上げて、四《よ》つん這《ば》いの格好にする。

「これから毎晩、夢に見そうなくらい綺麗な蕾だ」

どこかうっとりと言った男の顔が、そこへ近づいてきた。

肌を撫でる吐息を感じ、息を詰めると同時に肉環を貫《つらぬ》かれる。そして、内部へもぐりこませた舌を男がぐっと伸ばした直後、凄《すさ》まじい快感が全身を駆け抜けた。

「――あ！」

感電したように躍《おど》り上《あ》がった腰を男が押さえつけ、そこを尖らせた舌先で強く突き転がす。

刺激されるつど、狂おしい歓喜が溢れ出て腰が跳ね、瞬く間に膨張したペニスがあっけなく弾《はじ》けた。急速に訪れた絶頂の余韻《よいん》に震えながら、遥は今まで一度も経験したことのない、下肢《かし》が崩れ落ちるような愉悦《ゆえつ》の生まれるその場所が前立腺なのだとぼんやりと理解した。

下半身に伝わる振動が大きいと腰がむずむずして、後孔を舐める舌の感触をまざまざと思い出してしまう。男が「薔薇の蕾」と不思議な表現をしたそこにまだ残っている感覚は不快なわけではなく、むしろ甘美だ。しかし、関口家との縁談が綺麗さっぱり消えたことへの嬉しさと相俟《あいま》って、気を抜けば顔の筋肉が弛緩《しかん》しそうで、遥は朝から少し困っていた。

舌を挿れられただけであああなるのなら、何かの冗談のように太くて長かったあのペニスを受け入れるとどうなるのだろうか。

そう遠くない日に今度こそ知ることができるかもしれない性の悦《よろこ》びへの期待をもわもわと膨《ふく》らませていたとき、スーツの内ポケットでスマートフォンが鳴った。

遥は今、下北沢署の署長に任ずる辞令書を受領した警視庁本部庁舎を出たところだ。署への到着時刻を気にしていた副署長の幣原《しではら》からの、確認の電話かもしれない。

破廉恥《はれんち》な妄想世界から現実へ意識を引き戻し、スマートフォンを取り出してみると、送信者は兄の尚嗣だった。

『今、大丈夫か？』

「ええ。ちょうど移動の途中ですので」

遥は櫻本家の遅くにできた次男で、長男の尚嗣は十二歳年上だ。

東京地検の検事である尚嗣を遥は同じ司法に携《たずさ》わる者として敬愛しているし、兄弟仲も決して悪くないが、一回りも年が離れていると何かと遠慮が働いてしまう。

尚嗣と話をするときは自然と背筋が伸び、言葉遣いも崩せない。

『なら、まだ署に着く前か？』

「そうです。……あの、何かありましたか？」

遥が今日付《づけ》で署長に着任する下北沢署は今、署が設立されて以来の大醜聞《だいしゅうぶん》の渦中《かちゅう》にある。

二週間前に発売された週刊誌で、当時の署長だった牧丘《まきおか》と、今年の春に一日署長を務めたアイドル歌手・小宮華――通称「コミハナ」との不倫交際がスクープされたことが原因だ。

一般的な知名度はさほど高くはなかったものの、いかにも清楚《せいそ》な童顔とはちきれんばかりの豊満な胸のギャップを売りにし、熱狂的な信徒を多く持つ小宮華は十八歳。対して、牧丘は五十三歳。警察署長と未成年アイドルとの不倫《ふりん》という前代未聞《みもん》の「事件」は、このところとりたてて大きな話題のなかった世の中を騒然とさせた。

牧丘は、長期にわたって別居中の妻とは近々離婚予定で、小宮華との交際は結婚を前提にした真摯《しんし》なものであると弁解した上で、週刊誌の発売日当日に辞職したものの、騒動は収まらなかった。下北沢署には報道陣の取材や市民からの非難だけでなく、小宮華のファンによる抗議や嫌がらせの電話・メールも連日殺到している。

そんな騒ぎが続く中、新署長として白羽の矢を立てられたのが、警察庁に入庁して今年で七年目になるキャリア官僚の遥だった。遥には、初めての地方勤務で署長職を恙《つつが》なく務め上げた経験がある。しかし、その実績を買われたというより、大きく傷ついた下北沢署の信頼の回復を早急に図るための「見栄えのよい広告塔」としての意味合いが強い就任だ。

それゆえに、任期は今年度末までの約半年間と短い。しかも、これまで何度か連絡を取り合った副署長の幣原は、おそらく警視庁からそう指示を受けているのだろうが、今回の件に関する不祥事の諸々《もろもろ》を、遥の経歴に傷がつかないよう処理してから上げてくる。不適切な関係を知りながら密会場所を提供するなどして協力していた前警務課長が更迭《こうてつ》されたことも、牧丘に目を掛けられていた署員に週刊誌の記者が強引な取材をしようとして揉み合いになり、記者のカメラを署員が壊していたことも、幣原の報告前に報道を通して知ったくらいだ。

だから、自分がまだ知らない情報を検察ルートで手に入れた尚嗣がそれを教えてくれようとしているのかと思い、遥は身構えた。

『朝、麻布の伯父さんから電話があった。私のせいでお前の縁談が流れた、とずいぶん機嫌が悪かった。伯父さんは怒鳴るだけ怒鳴って電話をすぐに切ってしまったからよく事態が把握《はあく》できなかったが、もしかしてあのことが原因になったのか？』

眉間に力を入れて尚嗣の言葉を待ったぶん、一瞬、拍子抜けしたものの、それは遥のほうから早めに報告すべき櫻本家の重大事案だ。遥は「いいえ」とはっきりとした声音を返す。

「相手の女性には恋人がいて、駆け落ちをされてしまって……。破談はそのせいです」

『本当か？　伯父さんは、私の因果がお前に回ったとかなり憤慨《ふんがい》していたぞ？』

尚嗣が懸念《けねん》している様子の「あのこと」とは、尚嗣の一度目の結婚のことだ。

十六年前、新任検事として東京地検に勤めていた尚嗣は、担当した死亡ひき逃げ事件の遺族だった十九歳の鷹遠綸子《たかとおくみこ》という名の少女と、家族の誰にも相談せず結婚した。

彼女はその事件で両親を亡くし、弟以外身内のいない孤児だった。そんな寄る辺ない少女との結婚を、両親はもちろん親類縁者も絶対に認めようとしなかった。家柄《いえがら》の違い云々以前に、そのとき尚嗣には婚約者がいたからだ。相手側が櫻本家を遥かに凌《しの》ぐ権勢を誇《ほこ》る名家だったために、父方、母方双方の親戚《しんせき》一同が右往左往した大騒動を遥は今もよく覚えている。

「それは伯父さんのこじつけですよ、兄さん。気にしないでください」

遥は笑って言う。真実とは少し違うけれど、気に病んでほしくないのは本心だ。

昨夜、遥が伯父の家に戻る前に今回の縁談話は消滅していた。その決定打となったのは、一人娘に対する監督不行き届きを猛烈に責められて開き直った関口の放った反撃だったそうだ。

――そっちの長男だって、昔、同じことをしたくせに！　しかも、相手は場末の水商売女だったそうじゃないか！

場末のクラブで働いていたのは綸子の母親で、綸子自身ではない。誤った噂話《うわさばなし》を鵜呑《うの》みにしての侮辱《ぶじょく》に伯父は激昂《げっこう》し、関口を蹴り出してしまったらしい。

十六年前の一件後、父親は尚嗣に絶縁状を叩きつけたが、その父親以上に激怒したのが伯父だった。子供のいない伯父は当時、尚嗣の婚約者の弟を養子に迎えて後継者にし、自身の政治家としての権力と地盤《じばん》をより強固なものにしようとしていた矢先だったからだ。

そうした事情により、伯父にとって、尚嗣の一度目の結婚のことは思い出したくもない悪夢となっている。そのことに触れさえしなければ、「結婚に愛など必要ない」と豪語する伯父とやけに気の合っていた関口とのあいだで、伯父の政治力を駆使して理恵子を連れ戻そうなどという流れになっていたかもしれない。

なので、伯父からすれば結果的には「尚嗣のせい」だろうけれど、遥にしてみればまさに「尚嗣のおかげ」と拝みたくなる展開だったのだ。そして、遥は破談のきっかけを作ってくれた理恵子にも感謝していた。自由な時間を突然奪われて自分と同じように困惑し、だが自分以上に大胆《だいたん》だった彼女の選択が幸せな結果となることを願いながら。

「今回は縁がなかっただけのことですから」

遥は努めて明るい声音を作って告げ、「ところで」と少し強引に話を逸《そ》らした。

「最近、お目にかかっていないので気になっていましたが、お義姉《ねえ》さんの調子はいかがです?」

あまりよくはないな、とため息が細く返ってくる。

『ちょうど先週、また失敗したことがわかって塞《ふさ》ぎこんでいる』

育った環境が違いすぎたからなのか、鷹遠綸子との結婚生活は結局五年で終わってしまい、それからしばらく経った六年前に尚嗣は再婚した。元々の婚約者だった水谷美和《みずたにみわ》と。

兄弟仲は良好でも、そんな話が無遠慮にできるほど親密ではないので、美和と再婚した理由を遥はあえて聞いていない。しかし、母親を介して自然と耳に入ってきたことはいくつかある。尚嗣を想い続けて独身のままでいた美和が、結婚当初は本当に幸せそうだったこと。それからほどなく、自分の体質が妊娠に向いていないとわかった美和が不妊治療を望んで始め、しかしなかなか上手《うま》くいかずに思い悩んでいること――。

「そうですか……。お大事に」

『ああ。ありがとう』

そう言ってから、尚嗣は「それより」と続ける。

『伯父さんに怒鳴られて、思い出したことがある。それを伝えることのほうが本題だ』

「何ですか？」

『あの署には綸子の弟がいる』

「――え。その方、警察官なんですか？」

『ああ。名前は征臣《ゆきおみ》で、お前と同い年だ』

綸子と結婚していたあいだ、尚嗣はその弟とも一緒に暮らしていた。遥は鷹遠姉弟のどちらとも面識がないが、尚嗣は離婚後、そして二年前に綸子が海外旅行先で事故死してからも、かつての義弟とのつき合いを途切れさせていないようだ。鷹遠征臣のことを話す尚嗣のやわらかい口調には、はっきりとそれとわかる親愛の情がこもっている。

自分と同い年ということは、尚嗣と綸子が離婚したのは、鷹遠がちょうど高校を卒業した年だ。もし、鷹遠が大学に進学したのなら、尚嗣が学費を援助したのかもしれない。その返済も兼ねて、今もつき合いが続いているのだろうか。

『お前から転任の連絡をもらったときには、そばに美和がいたものだから伝えるのを控《ひか》えたまま、うっかりしていた。ここ何ヵ月かは連絡を取っていないが、異動したなら報《しら》せてきただろうから、今も刑事課の所属のはずだ』

「はあ……。あの、それで、俺はどう接すればいいんでしょうか?」

過去の関係を考慮すれば、自分と鷹遠はまったくの赤の他人だとは言い切れない。しかし、一度も会わないまま姻戚《いんせき》の縁が切れたのだから、限りなくそれに近い。なのに、こうしてその存在を予《あらかじ》めわざわざ伝えられたことの意味を、遥は考えた。

十三歳で交通遺児となり、二年前の姉の死によって天涯孤独の身となった鷹遠は、精神的にも経済的にも遥には想像もできない苦労をしているだろう。それゆえに多少の癖《くせ》を持ち、規律の厳《きび》しい警察組織に上手く馴染めないところがあってもおかしくはない。

尚嗣は署長となる自分に、鷹遠に対する何らかの配慮を求めているのだろうか。一瞬、そんな憶測《おくそく》が脳裏《のうり》を過《よ》ぎったけれど、返ってきた答えは真逆のものだった。

『特にどうということはない。ただ、今、あの署の署長になると、気苦労も色々と多いだろう。

困ったことがあれば、征臣に相談するといい。きっと、お前の力になってくれるはずだ』

「署長、そろそろお時間です」

二階の署長室で遅めの昼食をすませ、執務机に積み上げられた書類に目を通していたとき、副署長の幣原が地域課課長の吉野《よしの》を伴《ともな》って現れた。午後は管内の官公署への挨拶《あいさつ》回りをすることになっており、吉野が遥に同行する。

「わかりました」

机の上を片づけてパソコンの電源を切り、遥はふとあることを思い出す。

午前中は講堂で署員に向けての就任挨拶をしたあと、幣原に署内を簡単に案内されたが、四階の刑事課には課長の石地《いしじ》と、明らかに遥より年上の刑事や制服の事務職員しかおらず、鷹遠を確認することはできなかった。そのため、署長室のパソコンから署員のデータファイルにアクセスするつもりだったのに、忘れていた。署内の巡視中に、十名ほどの集団が庁舎前の歩道で「コミハナの純潔を返せぇー！」とシュプレヒコールを上げはじめたうえ、テレビの音が聞こえないと怒った近隣住民と小競《こぜ》り合《あ》いになる騒ぎが起き、事態収拾の指揮《しき》に追われるうちに頭から抜け落ちてしまったのだ。

下北沢署の信頼回復を図らねばならない新署長としては、まっとうなものであればどんな厳しい非難や意見にも真摯に対応する覚悟でいた。だが、覆水《ふくすい》を盆に返せ的な無理難題には、困るしかない。「コミハナの純潔」を奪われたことへの抗議は、奪った本人にしてほしいところだ。とは言え、警視庁をもう退職して一市民となった牧丘の所在を、小宮華のファンたちが知る術《すべ》はない。そのため、幣原によると、彼らは抱えた怒りと憎《にく》しみをとりあえず、ふたりが出会った「舞台」である下北沢署に向けているのだそうだ。

「幣原さん。刑事課に鷹遠征臣さんという私と同い年の刑事はいますか？」

備えつけのクローゼットから制帽を取り出して尋ねると、なぜか幣原と吉野が弾かれたふうに顔を見合わせた。

「はい。ですが、鷹遠は朝から内偵で出ておりまして」

そう答えた幣原の白髪《しらが》まじりの太い眉が、ぐっと持ち上がる。

「署長。鷹遠は見た目がどうにも派手な上に環境が特殊なものですから、何かと噂の立ちやすい男です。しかし、それらはすべて、やっかみや興味本位から生まれて尾ひれのついたデマです。鷹遠が誠実で清廉な警察官であることは、私が警察官生命を賭《か》けて保証します」

何の話をされているのかよくわからず戸惑う遥を、幣原はまっすぐに見据えて語調を強くする。その隣で、吉野も深い頷きを繰り返して同意を示す。

「とは言え、今は下北沢署が必要以上に世間の注目を集めている時期です。署長が心配されるお気持ちも十分わかります。ですので、我々も万が一のことを考え、関係書類を提出させて確認を取ったところ、鷹遠は所有する全物件の管理を業者に委託《いたく》しており、副業禁止規定に抵触することは一切しておりませんでした。また、鷹遠が育てているのは間違いなく甥《おい》で、不適切な関係によって生まれた隠し子などではありません。そして、鷹遠の家に頻繁《ひんぱん》に出入りしている複数の女性というのは、その甥のベビーシッター兼家政婦です。鷹遠の勤務状況によっては彼女らは泊まることもありますが、そもそものふたりは六十代と四十代でして。金に飽《あ》かせてハーレムを作っているなどというのは、根も葉もないまったくの誹謗《ひぼう》中傷です。署長がどの噂をお耳にされたかはわかりませんが、どうか安心してお聞き捨てください」

立て板に水の勢いで滔々《とうとう》とまくし立てた幣原を、遥はぽかんと見やる。

所属部署を確かめたかっただけなのに、隠し子だの、ハーレムだのと予想もしなかった言葉が次から次に飛んできて、遥はますます啞然《あぜん》とする。

「……彼は、甥を育てているのですか？」

何をどう質《ただ》せばいいか、咄嗟《とっさ》に判断できなかったが、とにかく一番耳に引っかかったことを遥はまず訊《き》く。

「はい。二年前に事故で亡くなった姉夫婦の子供です」

綸子はかなりの美女だったらしいので、そうなっていても何の不思議もないけれど、再婚して子供を儲《もう》けていたことは初耳で、遥は少し驚いた。尚嗣は知っているのだろうか。

「鷹遠は交通遺児で、肉親は姉だけになっておりまして。姉の夫のほうにも近親者がいなかったらしく、それで鷹遠が独身寮を出て、当時三歳だった甥を引き取ったんです。ただ、まあ、独身男が刑事をしながら、目の離せない幼児を育てるというのはなかなか難しい話ですので、専属のベビーシッターを雇うことにしたようです」

ふたり雇っているのは、病気などでどちらかが勤務ができなくなる場合を考えての措置《そち》だという。

「そうですか。では、彼はベビーシッター代を稼《かせ》ぐための不動産投資でもしているのですか？　先ほど、所有物件がどうとかと仰《おっしゃ》っていましたよね？」

「いえ。鷹遠の所有している物件は相続したものです。親も、亡くなった姉も不動産業を営《いとな》んでいましたので」

幣原がそう答えたあと、吉野が「アパート経営をしている公務員はわりといますが、鷹遠の家賃収入は桁《けた》が違いますからねえ。羨ましい限りです」と続けて笑う。

「桁が違う？」

首を傾げた遥に、吉野が「ええ。年収が軽く十億を超えていますから」と返す。

「……ということは、彼はかなりの資産家なのですか？」

そうです、と今度は幣原が頷く。

「さすがに総資産額まではわかりかねますが、おそらく警視庁の職員の中ではダントツかと」

てっきり、ベビーシッターを雇っているのは、刑事の不規則な勤務時間や待機児童問題などが絡んでのやむを得ないことなのかと想像していた遥は、驚きを深くした。

しかし、一方で腑《ふ》に落ちることもあった。尚嗣が勘当されていたあいだ、親戚が集まればいつもその場は自然と綸子を罵《のの し》る集会と化していた。子供心に耳を塞《ふさ》ぎたくなる罵詈雑言《ばりぞうごん》が飛び交っていたのに、考えてみると「財産目当て」という言葉は一度も聞いた記憶がない。

それもそのはずだ。櫻本家は暮らしぶりはそれなりに豊かであっても、遥の知る限り、総資産額は億にどうにか届くか届かないかだ。金銭面で綸子を蔑《さげす》むことは、口が裂けてもできなかったのだろう。もしかすると、親戚一同が綸子に対してやけに攻撃的だったのは、その鬱憤があってのことだったのかもしれない。

「あの、ところで署長は鷹遠のどんな噂をお聞きになったのでしょう？」

「噂は特に何も聞いていません。ただ、所属先の確認をしたかったんです。私の兄が昔、鷹遠さんのお姉さんと結婚していて、兄から彼がこの署の刑事課にいるはずだと教えられたものですから」

遥の答えに、幣原と吉野が揃《そろ》って目を丸くする。

「はあ、そうでしたか。しかし、鷹遠はそんなことは一言も……」

困惑顔の幣原に「聞いているか」と尋ねられた吉野が、「いいえ」と首を大きく振る。

「私たちは面識がありませんので、おそらく鷹遠さんは私のことを知らないのでしょう。私も、今日初めて聞いたくらいですから」

今の下北沢署を実質的に支える幣原が「誠実だ」と太鼓判《たいこばん》を押すのだから、鷹遠はその通りの警察官なのだろう。ぼんやりと想像した人物像とはかなり違っていて驚きはしたものの、特に問題はなさそうな男なので、遥は一旦《いったん》、鷹遠のことは忘れ、これからのスケジュールに頭を集中させた。

遥はたまたま今回で二度目の経験となるが、近年はかつてと比べると二十代の若手キャリアを署長に就任させる人事は減ってきている。そのためか、行く先々で珍しがられて話が長くなり、挨拶回りを終えたときには十八時をだいぶん過ぎていた。

署へ戻る車中で、遥は窓の外を流れる夕暮れの街並みに目を細めた。昨日、あの男と会ったときと同じような空の色が、網膜《もうまく》に沁《し》みこんでくる。

今晩は懇親会などの予定は入っていないそうなので、署に帰れば退勤できる。官舎には警務課に受け取りの対応を頼んでいた荷物が届いているはずなので、少し整理をしてから男に教えられたあのバーに行ってみるつもりだった。

バーのある場所は官舎から遠くない。タクシーで十分もかからない距離だ。荷物を片づけて官舎を出れば、バーを訪れるのにちょうどいい時間になっているだろう。

あれから一日が経ち、落ち着きを取り戻した頭で改めて考えてみると、遥は自分が昨夜、あの男に対して抱いた感情が正確なところ何なのか、よくわからなくなっていた。

昨夜はあのまま抱かれて、男を好きになってしまうかもしれないことを怖いと感じたけれど、「恋」の感情はそんなにも短時間で生まれるものだろうか。

もしかすると昨夜は、初めて会えた同類に親切にしてもらったことが嬉しかっただけなのかもしれない。そんな純粋な喜びや未知の性的快感を、切羽詰《せっぱつ》まった興奮状態にあったせいで、べつのものだと勘違いした可能性もある。

だが、網膜と記憶に灼きついた甘やかな美貌《びぼう》と、心に沁みこんだ優しさに強い好感を持ったことは確かだ。尻の孔を「薔薇の蕾」などと呼んで舐めたがる独特の感性には少し唖然としたものの、今、冷静に思い返してみても、あの驚きが嫌悪感に繋がることはない。

そして、そこにどういう意味合いが潜《ひそ》んでいるのかはまだよく理解できないけれど、とにかく男のほうも自分を気に入ってくれたようだった。だから、また会って、昨夜はできなかった話をきちんとすることで確かめられるはずだ。自分の気持ちも、男の気持ちも。

お互いに抱いているものが恋愛感情であれば、生まれて初めての恋人ができる。もし、同類としての連帯感的なものだったとしても、親しさを深めるうちにその友情が恋に変化する可能性は大いにある。――どちらにしろ、いずれは、愛し合う者同士のセックスを知ることができるかもしれないのだ。

縁談話が流れ、少なくともしばらくは誰に憚《はばか》ることなく自由に恋愛ができる身となった自分の未来をそんなふうにあれこれ想像していたときだった。隣に座っていた吉野の携帯電話が鳴った。署にいる幣原からのようだ。現在位置や、署への到着予定時刻を告げた吉野は幣原から何かを伝えられたあと、突然血相を変えて叫んだ。

「署長官舎が放火されました」

胸の中で満ちていた幸福感にも似た甘ったるい気持ちが、一瞬で吹き飛ぶ。

「――近隣への被害は？」

「ご安心を。それは大丈夫です。偶然、署の窓から犯行を目撃していた署員がいたため、燃え広がらないうちに火は消しとめられ、犯人も取り押さえているとのことです」

遥はほっと胸を撫でおろす。だが、状況を直接把握《はあく》するまでは安堵はできない。

運悪く発生した渋滞に巻きこまれ、三十分ほどかかって着いた署にはすでに報道陣が集まっていた。遥は裏の通用口を通って署長室に入り、幣原から詳細《しょうさい》の報告を受けた。

「放火したのは埼玉県在住の十二歳の中学生で、やはりと言いますか、小宮華のファンです。昨日、彼女が開いた会見で牧丘前署長との純愛宣言をしたことに腹を立て、犯行を思い立ったそうで……。子供ですし、前署長がまだ官舎に住んでいると思っていたとか」

「そうですか。しかし、どうしてその少年にはあの家が官舎だとわかったんでしょう？」

下北沢署の署長官舎は、庁舎の敷地から少し離れた住宅街の一角にある。署長官舎であることを示す表札などは出ておらず、それと知っていなければ普通の民家に見えるはずだ。

「それが、少年の供述をもとに調べたところ、署長官舎の写真や住所がネットの闇サイトに出回っておりまして……」

確認不足で申しわけありません、と幣原が深く頭を下げる。

「官舎のほうは庭に面した和室の窓が割れ、縁側が一部焦《こ》げただけですみましたが、本庁と急ぎ相談しました結果、こういう状態ですから署長にはご面倒をおかけしますが新しい官舎に移っていただくべきだろう、ということになりました」

ただし、署長の住まう官舎ともなると、空《あ》きがあればどこでもいいというわけにはいかず、用意ができるまでには早くても一、二週間はかかるという。

「ですので、それまでのあいだは、鷹遠の家でお過ごしください。本庁の許可もすでに下りております」

「――鷹遠さんの家、ですか？」

思いがけない提案に、遥は戸惑う。

「はい。鷹遠は署から車で数分のところに住んでおりまして。何かあった場合の対応が即可能ですし、幼児がいるために家のセキュリティは一流ホテルなみに万全だとか。それに家政婦つきで、個室もご用意できますので、快適にお過ごしいただけるかと」

どうやら幣原は鷹遠のことを、かつて遥と姻戚関係にあった以上は他人ではないのだから、面倒を見させるのにちょうどいい便利な存在だと考えているふうだ。

「……私は快適でも、彼には迷惑では？　嫌がっているのではありませんか？」

遥は鷹遠に対して、個人的に思うところはない。けれども、櫻本の一族がほとんど迫害のように綸子を嫌っていたことをきっと知っているだろう鷹遠との同居には気まずさを禁じ得ない。

何より、部下の目があっては、夜の外出がしにくい。

「我々警察官には、受けた命令を嫌がる権利などありません」

にこやかな真顔で、幣原はきっぱりと言う。

「それから、署長のお荷物ですが、不幸中の幸いで運送業者の到着が放火騒動のあとだったため、すべて無傷で一階の小会議室に保管しております。どうぞご安心ください。そろそろ鷹遠が内偵先から戻ってきますので、帰りましたら荷物を運ばせます」

この調子では、どんな代替案を出しても一蹴《いっしゅう》されるに違いない。

鎌倉の実家は通勤時間がかかりすぎるし、ホテルには警備面の問題がつきまとう。与党幹部である伯父の家に長期間泊まるのは、政権と警察権力との癒着《ゆちゃく》を疑われかねないと渋い顔をされるだろう。尚嗣の住む官舎は署からそれほど遠くはないものの、体調の芳《かんば》しくない美和に面倒はかけたくない。

鷹遠との同居を避けたい理由が疚《やま》しいものだという自覚があるだけに、遥は抗《あらが》いを諦めることにした。早くあの男に会いに行きたいけれど、今はまだ単なる妄想でしかない恋の予感を仕事より優先させることはできない。

とりあえず新しい生活に慣れてから、上手い外出方法を考えようと遥は思った。

「わかりました」

頷いたとき、部屋の扉がノックされた。

「署長、石地です。鷹遠を連れてまいりました」

どうぞ、と返事をした遥は、刑事課課長の石地のあとに続いて入室してきた長身の男を見て、思わず声を上げそうになった。

強く波打つ黒い癖毛に縁取られた彫りの深い美貌。手足がすらりと長い体軀《たいく》に隙なく纏った上質のダークスーツ。――昨夜とはいくぶん雰囲気が違うが、間違いなくあの男だった。

遥と視線を合わせた男も、遥に気づいた様子だ。一瞬、目の前の遥の顔と記憶の中のそれとを照合でもしているかのように眉を寄せたあと、双眸をふっとやわらかくたわめた。

その眸には、昨夜、遥の肌を熱くさせたものと同じ甘やかな色が宿っていた。


幣原の勧めに従い、まだ取り調べが続いている早とちりな放火少年の件のマスコミ対応は彼に任せ、定時を過ぎている今日は業務を終えて荷造りをすることにした。

遥は制服からスーツに着替え、一階の小会議室に置かれていた段ボールを開けて、今晩と明日に必要なものを選んで取り出した。残りの荷物はすべて明日、業者に鷹遠の家へ届けてもらう。新しい官舎へ引っ越すまでのあいだには必要にならない物のほうが多いので、最初はそれらは実家で預かってもらうつもりだった。だが、「そのスペースは十分にありますから、遠慮なさらず」という鷹遠の言葉に甘えさせてもらったのだ。

宅配の手配手続きや、着替えなどを一箱の段ボールに移して纏める作業をすましたところへ鷹遠が顔を出す。

「署長、車の準備ができました。荷造りのほうは、まだかかりそうですか？」

「——いえ。ちょうど終わったところです」

「その一箱だけですか？」

遥の手元の段ボールを見やり、鷹遠は問う。

「ええ、そうです」

「ほかに手荷物などはありますか？」

「ありません。全部一緒に箱に入れましたので」

「そうですか。じゃあ、行きましょう」

幣原の命令により、今日は公用車に遥と同乗して退庁することになった鷹遠は、しなやかな腕で段ボール箱をひょいと持ち上げる。

ええ、と遥は伏し目がちに頤《おとがい》を引く。

運命的な再会を果たして約三十分。鷹遠は必要最小限の言葉と如才《じょさい》ない振る舞いで、「初対面の一署員」を演じている。——眼鏡で変装をしていたとはいえ、あれほど間近で顔を見たのだから気づいていないはずはないが、もしかしたら鷹遠は極端に酒に弱く、昨夜のことを何も覚えていないのかもしれない、とふと思ってしまうほど完璧に。

そんな鷹遠に、遥も「初めて会った顔」を作って応じているが、頭の中はひどく混乱していた。まさかこんなふうな関係性だったとは微塵《みじん》も想像もしなかったからこそできた昨夜の痴態《ちたい》の数々が脳裏を過ぎり、恥ずかしくてたまらなかった。だから、今のところは、信じられない幸運を喜ぶ気持ちよりも動揺のほうが大きくて、遥は鷹遠の目を直視できないでいる。

「マスコミがいますから車は正面玄関ではなく、通用口のほうです」

部屋を出る鷹遠のあとに、遥も続く。

すれ違う署員らの挨拶にどうにか平静を装った顔で会釈《えしゃく》を返し、通用口から外へ出る。すぐ前に停められていた黒い国産車の公用車に、ふたりで乗りこむ。運転席に座っているのは、供《とも》田《だ》という地域課の若い巡査だ。

シートベルトを締め、「供田さん、出してください」と告げると、車はなめらかに発進した。そう言えば聞き忘れていた鷹遠の家の住所を、供田はもう頭に入れているようで、迷いのない運転で車を走らせる。

誰も言葉を発さず数分が経った頃、車は三軒茶屋にあるビルの前で停止した。太い黒の枠《わく》を持つ正方形の窓が印象的な、小洒落《こじゃれ》た外観をした七階建ての雑居ビルだ。鷹遠は居住用に改築した六階と七階に住んでいるという。

　供田に礼を言って車を降りた遥は、ビルの壁面に貼られた案内板を何気なく見て、足をとめた。一階は洋菓子店、二階は小児科と皮膚科を併設《へいせつ》するクリニック、三階はアロマショップ、四階はネイルサロン、五階は税理士事務所。そして、地下はピアノバー「Heavenly Night」。

「署長、こちらへどうぞ」

　段ボールを持って降りてきた鷹遠が先に立ってビルの入り口をくぐりかけてふと振り返り、動かないでいる遥にやわらかな眼差しを向ける。

「どうかしましたか？」

　今までは周囲に署員たちの目があったので、何とか動揺を押し殺せていたけれど、ふたりになったとたん、鼓動が速いリズムを刻みはじめた。

「——私がお邪魔すると、迷惑ではありませんか？」

　本当に訊いてみたかったのは、鷹遠はどういうつもりで自宅の真下にあるバーに自分を誘ったのか、だった。だが、それを言葉にすると心臓がひっくり返ってしまいそうな気がして、遥は咄嗟に関係のない言葉を紡《つむ》いだ。

「いえ、まったく。尚嗣さんからも、署長のことをよろしくと頼まれていますしね」

「……兄から、連絡があったのですか？」

「ええ。今日の昼に」

そう答えた鷹遠の前方にはエレベーターがあった。だが、鷹遠は立ち止まらずに素通りして、掃除の行き届いた廊下を奥へ進む。

目につく場所にもつかない場所にも、複数の監視カメラが設置されていた。

「上まで、階段を使うんですか？」

「いえ。あのエレベーターはテナントを入れている五階までしか行きませんから。うちへは、専用の直通エレベーターに乗ります」

説明を聞きつつ廊下の角を曲がると、両脇に監視カメラを従えた黒い扉が現れた。手前の壁に操作パネルが埋めこまれているので、施錠を解除しなければ開かない扉のようだ。

「段ボール、私が持ちます。鍵《かぎ》が開けにくいでしょう？」

「いえ、大丈夫です」

鷹遠は段ボールを左手だけで抱え、右手の指先で壁の操作パネルに軽く触れた。扉が静かに開く。その数歩先にあったエレベーターも指紋《しもん》認証式だ。

ボタンは「1」と「7」のみ。六階は音楽室とトレーニングルームで、生活空間は七階なのだという。六階へは七階の階段から降りるらしい。

「……何だか、すごいお家ですね」

「どうも。でも、ここは姉が住んでいた家なので、ほとんどが姉の趣味ですよ」

「綸子さんの？」

「ええ。姉は高校を出てすぐ尚嗣さんと結婚しましたから大学へは行ってませんが、不動産業の才能を父親から受け継いだようで、離婚したあとは手広く父と同じ商売をしてました。で、ここは元々は姉が仕事で買い取ったオフィスビルだったんですが、最上階がフロアの中心部にガラス張りの中庭がある社員食堂だったんです。それを姉が気に入って、自分好みの住処に改造したんです」

そう言って笑った鷹遠と乗りこんだエレベーターが上昇してゆく。音も振動もまったく感じない。セキュリティもそうだが、幣原が言っていた通り、確かに一流ホテルのそれを思わせる乗り心地だ。

「テナントも全部、自分がほしい店と、必要な病院と事務所だけで埋めて」

「徹底《てってい》してますね」

「ええ。姉のお気に入りの城だったんです。ただ、まあ、不特定多数が出入りするので、聖大《きよひろ》の——甥のために、セキュリティにはこだわったようですね。俺は、個人的には和風でこぢんまりしている家のほうが好みなんですが、聖大もこの家が気に入っていたのと、偶然にも通勤に便利な場所だったので、姉夫婦が亡くなったあと、こっちへ移ってきたんです」

鷹遠がそう答えたとき、エレベーターの扉が開いた。大きな観葉植物が何鉢《はち》も並べられた廊下へ出た鷹遠が、「さて、署長」と遥を見やる。

その眼差《まなざ》しには、明らかに今までとは違う、匂い立つようにつやめく色が浮かんでいた。

「ここから先は完全に俺のプライベートなテリトリーなわけですが、家の中では署長のこと、どうお呼びしましょうか。『署長』がいいですか？　それとも、『薔薇の蕾ちゃん』にしましょうか？」

この瞬間まで、触れようとする気配すらなかった昨夜のことを不意討《う》ちで口にされ、遥は狼狽《うろた》えた。目もとが、火でも灯《とも》ったかのように熱くなる。

「――ふ、普通に、名前で」

「じゃあ、遥」

流れるように自然な口調でそう言って玄関を開けた鷹遠が、肩越しに振り返る。

「ああ、それから、敬語は？」

必要なはずがない。耳の奥でこだまする速い鼓動を聞きながら「いらない」と自分も口調を崩して答えると、鷹遠の口もとにあでやかな笑みが浮かんだ。

「来いよ、遥」

ベッドの中での思い出作りと同様、他人との距離の縮め方についての感性も、鷹遠は独特なのだろうか。家族以外にそうされた経験がないので、いきなりの呼び捨てには驚いたが、少しも嫌ではなかった。鷹遠の声で「遥」と呼ばれるのは、とても心地がいい気がした。

「おかえり、ユキちゃん！　きょうは、はやかったね！」

リビングに入るとほぼ同時に、小さな男の子が嬉しげな声を上げて走り寄ってきた。やわらかそうな髪の毛のくるくるした巻き具合が、鷹遠とほとんど同じだ。

聖大だろうその子供は、段ボール箱を脇に抱える鷹遠にぎゅっと抱きついてから、背後に立つ遥に気づいて黒目がちの目を不思議そうにしばたたかせた。

遥もまた、「こんばんは」と挨拶するのも忘れ、唖然としてまたたいた。

隠し子と間違われるのも無理がないほど、聖大は鷹遠に似ていた。髪の毛だけでなく、唇の完璧な形のよさも、日本人離れして高い鼻筋も。

けれども、驚いたのはそこではない。甘くてやわらかい印象の強い鷹遠のそれとはまったく似ていない目だ。聖大は、表情の作り方次第では冷淡さが勝るだろう聡明そうな目をしていて、それは遥にとってはとても馴染み深い目だった。

――聖大の目は、尚嗣のそれとうりふたつなのだ。

一瞬、反射的にまさか尚嗣の子かと思ったものの、尚嗣と綸子が離婚したのは十年も前なのだから、そんなことはあるはずがない。同じタイプばかりを好きになるというのはよく聞く話なので、綸子はきっと尚嗣と似た男と再婚したのだろう。遥はとりあえず、そう結論づけた。

「ユキちゃん、このひとだあれ？」

聖大は鷹遠の長い脚を盾《たて》のようにして身を隠しつつ、顔だけをのぞかせて遥をしげしげとうかがう。

「遥だ」

シンプルすぎる答えに、聖大の細い首がかくりと傾ぐ。

「ハルカちゃん？」

「そうだ。しばらく一緒に暮らすから、仲よくするんだぞ」

鷹遠に頭を撫でられた聖大は、「うん」と躊躇《ためら》いなく頷く。

突然の見知らぬ訪問者に対する警戒心は、もう解いてくれたらしい。遥に向けられた尚嗣そっくりのその目には、きらきらと輝く強い好奇心が宿っていた。おそらく、鷹遠が「仲よくしろ」と言った者なら安全な人間だと理解しているのだろう。

「よし。じゃあ、遥にちゃんと挨拶しろ」

はあい、と返事をした聖大は鷹遠の脚の陰から出てきて、遥の前にちょっこりと立つ。

「ぼくはたかとおきよひろ、五さいです。海の子山の子ようちえんのねんちゅうさんそらぐみです。ほんとチーズフォンデュとパトカーがすきです。どうぞ、なかよくしてください」

思わず頬がゆるんでしまう愛くるしさだった。これまで頭の中で渦巻いていた動揺や驚きが一瞬ですべて消し飛んだのを感じながら、遥は屈《かが》んで視線を下げる。

「僕は櫻本遥、二十九歳です。下北沢署の署長です。本とチーズフォンデュとパトカー、僕も好きだよ。仲よくしてください」

「しもきたざわしょ！　ハルカちゃんは、ユキちゃんとおんなじところでおしごとしてるの？」

「そうだよ」

「ショチョーってなにするの？　パトカー、うんてんする？」

パトカーの運転はしないよ、と遥は微笑《ほほえ》む。

「署長は会議をしたり、書類を読んだり、判子《はんこ》を押したりするんだよ」

遥なりに端的かつ簡単にしてみた説明は、あまり受けがよくなかったようだ。

ふうん、と少しがっかりしたふうな聖大に、鷹遠が優しく笑いかける。

「聖大。署長っていうのは、警察署で一番偉《えら》い人のことなんだぞ」

「じゃあ、けいじのユキちゃんよりえらいの？」

「ああ。ずっとずっと偉い」

「ハンコおすのがおしごとなのに？　ハンコなら、ぼくもおせるよ？」

「遥の判子はすごく偉い警察官しか持てない、特別な判子なんだ。遥の判子がなきゃ、俺たちは悪い奴《やつ》らを捕まえに行けないんだぞ？　それに、遥の判子がある紙は、パトカーと交換できるんだ。お前が判子を押しても、パトカーはもらえないだろう？　だから、遥は偉いんだ」

鷹遠の援護射撃は嘘ではないものの、いささか雑で、遥は苦笑をもらした。しかし、そのかなり大ざっぱな「署長のお仕事解説」は、聖大の心をしっかりと摑んだようだ。

「ハルカちゃん、すごーい！」

聖大が手を叩いて賞賛してくれたとき、奥のほうから「あら、あら。賑《にぎ》やかですこと」と布袋を提げた白髪の女性が姿を現した。

聖大と家の面倒をみてもらってる小田《おだ》さんだ、と鷹遠に紹介される。ベビーシッター兼家政婦にはもうひとり、看護師資格も持った市原《いちはら》という女性がいるそうだ。今日、市原は休暇を取っているが、基本的にはふたり一緒の勤務形態だという。

「小田さん、こちらはさっき電話でお伝えした櫻本署長です。諸事情で、一、二週間ほどここから署へ通われますので」

「櫻本です。しばらくお世話になります」

会釈をすると、小田は「あら」とでも言いたげな表情になって、遥と聖大の顔を二度ほど見比べた。遥は尚嗣と似ている。だから、遥の目と聖大の目も似ているはずだ。小田はそれに気づいて不思議に思ったふうだったが何も口にせず、ただにこやかに頭を下げた。

「では、私は今日はこれで失礼しますね。ご注文通り、ご飯だけ炊《た》いておきましたから」

「ありがとうございます。それじゃ、また明日、お願いします」

鷹遠と挨拶を交わし、リビングを出ていく小田に聖大が「ばいばーい。またあしたね」と手を振る。それから聖大は勢いよく鷹遠を仰《あお》ぎ見《み》、弾んだ声で尋ねた。

「ユキちゃん、きょうのばんごはんはなに？」

「エビフライ」

多くの子供がそうであるように、聖大もエビフライが好物らしい。「やったあ！」と飛び上がって全身で喜びをあらわにしたが、鷹遠が一呼吸置いて「と、ピーマンサラダ」と続けたとたん、電池切れのロボットのようにぴたりと固まり、唇をへの字に曲げた。

引っ越しが決まるまでの滞在部屋として与えられたのは、セミダブルのベッドと大きなクローゼットが置かれた八畳ほどの洋間だった。庭に咲くオレンジ色のダリアが、窓からよく見える。七階のフロアの真ん中をくりぬいて作られ、どの部屋からも出入りができるパティオのようなその庭はなかなかの広さで、庭木やたくさんの花が植えられていた。

段ボール箱の中の荷物を出したり、聖大に広い家の中や庭を案内されたりしているあいだに、鷹遠が夕食の準備をした。鷹遠は料理が得意らしい。だから、極端に帰宅が遅かったり、出勤が早かったりしなければ、食事は鷹遠が作っているのだという。

できたぞ、と呼ばれて聖大と手を繋いでリビングの奥のダイニングへ行くと、エビフライとピーマンとニンジンのサラダ、オニオンスープがテーブルに並べられていた。

さくさくの衣に包まれた肉厚のエビにはぷりぷりの弾力があり、噛むと濃厚な旨味《うまみ》が口の中に広がった。しゃきしゃきした歯ごたえのピーマンとニンジンのサラダは優しいはちみつ風味で、聖大は「ピーマンのにおいがするぅ」と鼻をつまみながらも皿を空《から》にしていた。そして、その口直しのように聖大がおかわりをしたオニオンスープはとろけるような黄金色《こがねいろ》で、喉を甘くすべり落ちていった。

食べ終わる頃には、遥はすっかり鷹遠の料理の虜《とりこ》になっていた。美味《うま》い料理で腹が満たされ、幸福な気持ちになったあとは、これから明日必要な幼稚園グッズの「コップ袋」を縫《ぬ》うという鷹遠に頼まれて、聖大と風呂に入った。鷹遠ほどの資産家なら、何もかもを家政婦任せにしてもおかしくない。なのに、そうしようとする発想がないらしい姿勢に好ましさを覚えながら聖大と自分の身体を洗い、湯船で一緒に数を数えて温まった。

脱衣所で身体を拭いて、ズボンをはいたとき、先にパジャマを着せていた聖大が「あ」と高い声を上げた。

「ハルカちゃんのパジャマ、ぼくのとおんなじ！」

深みのあるグリーンの色とチェック柄《がら》がどことなく似ているだけで、厳密には同じではない。だが、聖大が嬉しそうなので、遥は「同じだね」と微笑んだ。「うん」と返ってきた笑顔は弾けるように輝いていて、湯上がりの身体の胸の中までほこほこと温かくなる。

髪を乾かし終えると、「ユキちゃんにみせにいこうよ」と小さな手に引っ張られた。脱衣所を出て、鷹遠の気配がするキッチンへふたりで走る。

「ねえ、ユキちゃん。みて、みて。ぼくとハルカちゃん、パジャマがおんなじだよ」

コップ袋はもう縫い終えたのか、腰巻きのエプロン姿で洗いものをしていた鷹遠が振り返り、やわらかに笑う。

「よかったな。それより、聖大。歯ブラシ、持ってきたか？」

「ううん、わすれた！」

高い声で返事をした聖大はくるりと踵《きびす》を返し、脱衣所の洗面台から歯磨《はみが》きセット入りのコップを抱えて戻って来た。うねり具合が少しきつくなっている乾かしたての髪が、ぴょんぴょんと跳ねるさまが可愛《かわい》らしい。

「ユキちゃん、もってきた！」

「じゃあ、歯磨きだ。虫歯にならないように、しっかり磨けよ」

食器を洗う手をとめ、鷹遠は聖大の歯磨きを見守る。最後の仕上げ磨きは鷹遠がした。すすいだ口の中を「あーん」と見せた聖大の頭を、鷹遠は「よし、今晩も上出来だ」と撫で回す。

それから、プラスチックのコップと、縫い終わっていたらしい袋を聖大に手渡した。

「コップぶくろ、あたらしくなってる！　すごい！」

「ああ。今度のも、ちゃんと大事に使うんだぞ」

早速コップを入れた袋を大事そうに胸もとに抱え、聖大は「うん」と大きく頷く。

「次は、明日の幼稚園の準備と歯ブラシセットの片づけだ。全部ひとりでできるか？　それとも、遥に手伝ってもらうか？」

「ぼく、ぜんぶひとりでできるよ！　さきにハブラシ、かたづけてくる」

自慢げに胸を張って、聖大は歯ブラシセットを持って再び脱衣所へ引き返す。その後ろ姿に双眸を細めてから、鷹遠はおもむろに遥を見た。

風呂上がりにこんな至近距離でふたりきりになったせいか、昨夜は素っ裸で浴室から出てきたことを反射的に思い出し、胸がざわめいた。しかし、「ビールか何か、飲むか?」と尋ねてきた鷹遠の目には、色めきのかけらもなかった。

五歳児の気配が濃く漂うこんな場所で、ほんの一瞬でも性的興奮を覚えてしまった自分を、遥は恥ずかしく感じた。

「この奥にワインセラーがあるから、そこのものでも、冷蔵庫のものでも、何でも好きに飲み食いしてくれ。いちいち、断る必要はないからな」

そう告げて、鷹遠はまだ少し食器が残っているシンクの前に立つ。

「……洗いもの、俺がやろうか?」

「いや、いい。ずっとここに住むんなら家事分担もしてもらうが、お前は期間限定の大事な預かりものだからな。ま、客扱《あつか》いが気になるなら、手の空《あ》いてるときにあいつの相手をしてやってくれ」

「ああ、そうする」

冷蔵庫の麦茶をグラスに入れ、遥はテーブルの椅子を引いて座る。

「料理、あの子のために覚えたのか?」

「そういうのもいくつかあるが、ほとんどは尚嗣さんたちと住んでた頃に自然と覚えたものだ。姉貴は料理の才能もセンスもゼロで、尚嗣さんは姉貴よりはマシだったけど、仕事で忙しかったから。で、必然的に家事は俺の役目になってたんだ」

その答えが不思議で、遥は首を傾げる。

「兄さんと暮らしてたのは、中学、高校の頃だろ？　そんな歳のお前が家事を負担するより、それこそ家政婦を雇うべきじゃなかったのか？」

「尚嗣さんは、俺たち姉弟の金には一切手をつけないで、自分の給料だけで俺らを養ってたんだ。扶養《ふよう》家族をふたり抱える二十代の公務員が、手取りで家政婦まで雇うのは無理だろう？　それに、家事担当ったって、べつに勉強や友人づき合いの時間まで犠牲にしてたわけじゃない。尚嗣さんや姉貴は、俺がそうしてほしいときには、ちゃんとサポートをしてくれた」

コンビニ弁当とか、出前とかで、と鷹遠は肩を揺らして穏やかに笑う。

「そんなわけで、三人だけでじゅうぶんだった。まあ、そもそも『家政婦』なんて単語自体が頭の中になかったしな」

「……なかった？」

「ああ。俺の親父は若い頃に辛酸《しんさん》を舐めて成り上がったせいか、『贅沢《ぜいたく》は人間の精神を腐らせる』って信念を持っててさ。で、俺たちは、普通の住宅街の中の普通の戸建てで、ごくごく普通に育ったからな」

しかも、鷹遠の父親は、どれだけの財産を所有しているかを子供たちにまったく教えていなかったそうだ。

「姉貴は、親が事故に遭《あ》ったときに後見人の弁護士から説明を受けてたみたいだが、俺は高校を卒業するまで知らなかったんだ。卒業式の夜、姉貴と尚嗣さんに俺名義の通帳を見せられたけど、額が額だったから、すぐに信じる気にはなれなかったんだよな。ふたりして真面目《まじめ》な顔で、何の夫婦漫才をしてるのかと思ってた」

綸子と結婚して間もなく尚嗣は地方勤務となり、数年前に東京地裁へ戻ってくるまで全国を転々としていた。そのため、遥は、尚嗣が勘当されているあいだの暮らしぶりを何も知らない。だが、鷹遠の様子から察するに、いい思い出の多い生活だったようだ。

なのに、尚嗣と綸子はなぜ離婚したのだろうか。訊いてみようか迷ったとき、聖大が「ユキちゃん、ぜんぶおわったよ」と駆け寄ってきた。

その手に絵本を持って。『つるのおんがえし』だ。

「おわったから、これよんで！」

絵本を渡された鷹遠が、「んー、鶴かあ」と顎《あご》に手をやる。

「聖大。これは悲しいお話だ。夜に読んだら、眠れなくなるかもしれないぞ？　鶴はまた今度にして、今晩はタヌキとかロバとかの、べつの楽しいお話の本にしたらどうだ？」

「だめ！　きのう八ばんめだったから、きょうは九ばんめだもん。これよんで！」

八番目、九番目というのは絵本の表紙にふられている番号のことのようだ。『つるのおんがえし』は、昔話シリーズの中の一冊らしい。鷹遠は二度ほど説得を試みたものの、結局、シリーズを昇順に制覇《せいは》することにこだわる聖大が勝った。

「ハルカちゃんと川のじになってよんでね。ふたりで、かわりばんこで」

そんな注文に従い、三人で聖大の部屋へ行く。

寝相が悪いらしい聖大の部屋には三畳ぶんの畳《たたみ》スペースがあり、そこに布団が敷かれていた。すべりこんだ布団の中から「はやく」とせがむ聖大の両脇に鷹遠とふたりで寝転び、鶴と人間の若者が織りなす異類婚姻譚《こんいんたん》を代わる代わる読み聞かせた。

やがて鷹遠が「そうして、鶴は遠くへ飛んでいきました」と最後のページを閉じると、聖大は不安そうに目を揺らした。

「つるのおよめさんは、どこへとんでいっちゃったの?」

誰も知らない遠いところだ、と鷹遠が答える。

「もうもどってこないの?　わかものは、ひとりぼっちになっちゃうの?」

「ああ、そうだ」

「わかもの、かわいそう……」

「そうだな。だけど、絶対にのぞかないっていう約束を守らなかったから、仕方ないんだ。若者は自分のせいで、ひとりぼっちになったんだ。わかるか?」

聖大は「うん」と小さく頷いてタオルケットを頭まですっぽりとかぶり、それからすぐに顔を出して「なにか、たのしいおはなしよんで」と言った。

「タヌキのほんがいい」

遥と鷹遠は苦笑し合う。鷹遠が本棚に手を伸ばし、『ぶんぶくちゃがま』を取り出す。今度もふたりで一ページずつ交代して読んだが、クライマックスの綱渡りシーンに行き着く前にかすかな寝息が聞こえはじめた。

無邪気な要求をするだけして眠ってしまった聖大の頬は、ほのかな薔薇色に輝いている。まさに天使のような愛らしさだ。

「本当に可愛いな」

囁いて、遥はつやつやした頬を指先でそっと撫でる。

「だろう？」

心底自慢げに笑んで、鷹遠は遥が触れた反対側の頬を優しくつつく。聖大は規則正しく寝息を立てていて、起きる気配は少しもない。

「だけど、ベビーシッターがいるとは言え、勤務時間が不規則な刑事をしながら食事を作ったり、裁縫《さいほう》したり、本を読んだりじゃ、大変だな」

「そうでもないさ」

肩を軽くすくめ、鷹遠は起き上がって本を棚に戻す。

「子供のうちから過度にちやほや傅《かしず》かれたり、働かずに金を手にする親を見て育つと、ろくな大人にならないだろうからな。ベビーシッターをこれ以上増やす予定も、天職だと思ってる刑事をやめるつもりもない。だから、まあ、当直明けで幼稚園の運動会に参加したりした日には、体力的に辛《つら》いと感じることもあるが、聖大は俺にとってこの世で唯一《ゆいいつ》の肉親だ。育てることが大変だなんて思ったことは、一度もない」

その言葉には一片《いっぺん》の偽《いつわ》りもないと、はっきりと直感できる声だった。

凛《りん》と強く澄んで、けれどもどこか寂しげな響きが、遥の胸に深く沁みこんでくる。

鷹遠の両親が共に施設育ちだということを、遥は親戚の噂話で聞き知っている。だから、「この世で唯一の肉親」という表現が、決して大げさなものではないことも知っている。

今、何と言えばいいのだろう。どんな言葉を返せば、この場限りの薄っぺらい同情ではない慰《なぐさ》めになるのだろうか。

必死に思考回路を働かせていたさなか、ふと自分が鷹遠の寂しさを埋められる家族になれればいいのに、と思った。そして、そんなことを考えた自分にとても驚いた。

鷹遠に対して抱く感情の正体すら曖昧《あいまい》なのに、なぜそう思ってしまったのだろう。自分と鷹遠に似た顔の聖大とおそろいめいたパジャマを纏い、川の字になって本を読むという、まるで家族のようなことをしていたせいで、頭の中で何らかの錯覚《さっかく》でも生じたのだろうか。

遥は上半身を起こし、胸をざわめかせる奇妙な困惑を静めるための話題を探した。

「――この子の父親のほうには、親戚はいないのか？」

なぜだろうか。鷹遠は遥の問いにわずかに眉根《まゆね》を寄せ、何かを思案する顔でしばらく黙りこんだあと、「いる」と静かに告げた。

遥を指さし、鷹遠は「ここに」と言った。

「聖大の父親は尚嗣さんだからな。たぶん」

「……たぶん、って何だ？」

遥は呆然《ぼうぜん》とまたたく。

「再婚のことも聖大が生まれてたことも、俺は二年前の事故の報せを受けるまで知らなかったんだ。入庁してからは仕事に没頭《ぼっとう》して姉貴とはめったに会わなくなってたし、姉貴も何も教えてくれなかったからな」

苦笑いを漏らし、鷹遠は遥の前に腰を下ろしてあぐらをかく。

「戸籍上《こせきじょう》の父親は再婚相手になっている。だが、その人の容貌は聖大とは似ても似つかない上に、聖大はどこからどう見ても姉貴と尚嗣さんのミックス顔だから、俺には納得ができなかった。で、探偵を雇って、姉貴が再婚した経緯《けいい》を調べたんだ」

綸子は趣味で無名の芸術家たちのパトロンをしており、再婚相手はその中のひとりの画家だった。彼は唯一の身寄りだった老母のホスピスへの入院費用と引き替えに聖大の父親となることを承諾《しょうだく》し、綸子の籍に入ったらしい。聖大が生まれる半年前のことだという。

「金と引き替えとは言っても、その画家は元々姉貴の信奉者《しんぽうしゃ》で、姉貴もその画家に目を掛けてたとかで、拾えた証言じゃ、結婚生活は上手くいっていたみたいだけどな」

「……なあ。綸子さんの籍にその画家が入ったってことは、この子はお前の養子になって名字が鷹遠に変わったってわけじゃないのか？」

「ああ。結局、その調査では尚嗣さんが聖大の父親だっていう客観的証拠は摑めなかったが、俺は姉貴のおかしな行動と聖大の顔がすべてを物語ってると思ってるからな。父親が健在なのに、何も伝えずに勝手に養子にはできない」

「……この子のこと、どうして兄さんに隠してるんだ？」

どういう意図でそんなことをしているのかが理解できず、思わず眉間《みけん》に力が入る。

すると、「そんな顔するなよ」と鷹遠が微苦笑を浮かべた。

「俺だって、ずっとこのままでいいと思ってるわけじゃない。だけど、まだしばらくは黙ってるつもりだ」

「……どうして？」

「遥。お前、尚嗣さんの再婚相手のこと、どこまで知ってる？」

そう問われ、遥は鷹遠の頭の中が何となく理解できた。

鷹遠が口を噤《つぐ》んでいる原因は、きっと美和だ。

「美和さんの不妊治療のこと、お前も知ってるのか？」

無言の頷きが返ってくる。

「俺にとって尚嗣さんは兄貴で父親で、……何というか人生の羅針盤《らしんばん》みたいな人だからさ。姉貴と離婚したあとも結構頻繁《ひんぱん》に会ってたんだ」

けれども、美和と再婚してしばらく経った頃、これからはあまり会えなくなる、と謝られたそうだ。不妊治療の失敗が続くことを気に病む美和の心は、弱っている。だから尚嗣は、自分と鷹遠が今も義兄弟のような関係を続けていることをもし美和が知れば、それがさらなる精神的な打撃になってしまうのではないかと危惧《きぐ》したらしい。

そのあとは年に何度か、お互いの近況を報告し合うていどになったという。綸子の死についても、葬儀を終えたあとに電話で「旅行中の事故で亡くなった」としか伝えていないそうだ。

「尚嗣さんが聖大のことを知って、引き取りたいと言えば、俺に拒む権利はない。だけど、尚嗣さんの息子として育つことが聖大のためになるのか、俺にはわからないんだ」

安らかな寝息を立てる聖大の癖毛を、鷹遠は指先でそろりと愛おしげに梳《す》く。

「普通の再婚なら、後妻が前妻の子を我が子同然に育てることは珍しくない。だけど、美和さんにとって、聖大は婚約者だった尚嗣さんを奪って、自分に恥をかかせた憎《にく》い女の子供だ。しかも、聖大の年齢から逆算したら、時期的にヤバい」

驚きの連続でそこまで気が回らなかったが、鷹遠の言葉で遥も気づく。――尚嗣と美和が再婚したのは六年前。聖大は五歳なので、尚嗣の不倫によって生まれた可能性がなくはない。

「そういう二重の爆弾を抱えた子供のいい継母《ままはは》に美和さんがなってくれるかどうかは、危険な賭けだ。たとえ美和さんがそうなろうと努力してくれても、動揺や葛藤《かっとう》はして当然だから、治療に悪影響が出るかもしれない」

鷹遠は静かに淡々と言葉を紡ぐ。

「それに、尚嗣さんは物事を理詰めで考えるタイプの人だから、他人の感情の機微《きび》にちょっと疎《うと》いところがあるだろう？　こう言っちゃ何だが、美和さんと聖大の両方にきめ細かい配慮ができるのか、甚《はなは》だ疑問だ」

そう言った鷹遠は、何かを逡巡《しゅんじゅん》するように少し間を置いてから再び口を開いた。

「探偵の調査では尚嗣さんと姉貴が六年前に接点を持った証拠は摑めなかったが、ふたりの離婚の理由はわかった」

「……何だったんだ？」

「検事の転勤って、大規模庁と小規模庁を二年ごとに行ったり来たりが普通だろ？　だけど、尚嗣さんは姉貴と結婚したあと、小規模庁をたらい回しにされてた。それさ、法務省のOBだった美和さんの父親が手を回した報復だったんだ」

驚いて目を瞠《みは》った遥に、鷹遠は「先に言っておくが、お前には関係ないことだから、気にするなよ」と告げて、話を続けた。

「お前のお袋さんはそのことを知ってて、姉貴に何度も離婚を迫ってたそうだ。このままじゃ、尚嗣さんの将来は潰《つぶ》れるが、姉貴が尚嗣さんと別れたらそうじゃなくなるって」

「……じゃあ、綸子さんは、兄さんのために離婚を？」

「俺や尚嗣さんには、田舎《いなか》暮らしにうんざりしたからって言ってたけどな」

鷹遠は肩をすくめて、苦笑する。

「進学で東京へ戻る準備をしてたときにいきなりそんな話になったから驚いたが、姉貴はもうそのずっと前に決意してたみたいだな」

綸子は尚嗣のために離婚を決めたものの、鷹遠のために高校卒業まで実行を待った。それを、鷹遠たちには決して悟られないようにしていた。けれど、幼馴染みの親友には、酔ったときにこぼしたことがあったそうだ。

「姉貴はたぶん、尚嗣さんのことがずっと好きだったんだろうな」

だから、今、ここに聖大がいるんだ、と鷹遠はぽつりと声を落とす。

「俺にすら聖大が生まれたことを言わなかったんだし、代わりの父親も用意してたぐらいだから、姉貴は尚嗣さんには一生、何も伝えるつもりはなかったはずだ。その意思は尊重《そんちょう》したいが、肝心《かんじん》の姉貴がいなくなったんだからそれは無理だと思ってる。ただ、少なくとも、美和さんの治療の決着がつくまでは、俺は黙ってるつもりだ」

そう断言してから、鷹遠は遥と視線を合わせる。

「だけど、お前にもそうしろと強要はしない。どうするかは、お前が決めてくれてかまわない」

この家に来てまだほんの数時間だけれども、鷹遠がどれほど深い愛情を聖大にそそいでいるかは強く、確かに実感できた。そして、聖大が鷹遠を心から慕《した》っていることも。

「……聖大を育てているのはお前だ。そのお前の判断にあれこれ口を出せる資格なんて、俺にはない」

サンキュ、と鷹遠はやわらかく微笑んで、ぐっすりと眠る聖大を見やる。

「自分でもはっきりしないが、尚嗣さんにこいつのことを話さないのは、もしかしたら美和さんの問題よりも、俺のエゴが大きいからかもしれない」

鷹遠は静かに言った。

「姉貴の訃報《ふほう》を受け取ったとき、俺にはもう家族が誰もいなくなったんだと思って、目の前が真っ暗になった。だけど、遺体を引き取りに現地へ行ったら、聖大がいた。こいつは俺にとって、たったひとつ残された人生の光だ。だから、美和さんのことを都合のいい言い訳にして、ずっとこうして自分のそばに置いておきたいのかもしれない」

なのに、鷹遠はどうして真実を告げたのだろうか。大切に秘めておきたい存在のことを、遥が尚嗣に教えてしまうかもしれない危険があったにもかかわらず。

「……じゃあ、どうして俺に話したんだ？　綸子さんの再婚相手が兄さんに似てただけだってごまかされたら、俺はたぶん信じたのに」

「そんな考えもなくはなかった」

そう答えた男の目が、遥をまっすぐに捉《とら》える。

「だけど、お前になら話しても大丈夫だと思った」

「……どうして？」

「お前は署長なんだから、公用車の乗り降りなんてふんぞりかえって黙ってしても許されるのに、ちゃんと供田の名前を呼んで、礼を言ってただろう？　聖大とも、最初から目線を合わせて話をしてる」

それから、と鷹遠はふと笑う。

「尚嗣さんに、聞いたんだ。姉貴と結婚したせいで勘当されることになったとき、お前だけが、元気でいてくれ、幸せになってくれ、って言ってくれたって。だから、そういうお前なら、きっと俺の気持ちを理解してくれるだろうと思ったんだ」

鷹遠が自分に見せてくれた信頼と、ほんの一瞬の会話を尚嗣が覚えていてくれたことが、とても嬉しかった。喉もとがきゅっと熱くなり、咄嗟に返す言葉に迷った遥に、鷹遠が言った。

「それに、俺は秘密の共有者がほしかった」

「……秘密の共有者？」

「ああ。こういう秘密をひとりで抱えこむっていうのは、結構しんどいものだからな」

笑んで答えた鷹遠は「さてと、洗いものの続きだ」と立ち上がり、部屋を出ていこうとしてふと肩越しに振り返った。そのあでやかな美貌に甘い笑みを浮かべて。

「遥。昨夜、お前と出会えて、本当によかった」

胸を強く揺さぶるその笑顔を鷹遠が向けているのが「秘密の共有者」なのか、それともベッドを途中まで共にした「薔薇の蕾ちゃん」なのか、遥にはよくわからなかった。


就任四日目の土曜の夜、遥は幣原に随行されて下北沢防犯協会が主催する懇親会に出席した。壇上で着任の挨拶をしたあと、やはりここでも二十代のキャリア署長だということを珍しがられながら出席者と名刺交換をするうちに、一時間半の懇親会は終わった。

そもそもが飲み食いを主目的にした集まりではないし、主賓《しゅひん》だったために遥には乾杯のビールを口にするくらいの暇《ひま》しかなかった。一時間半のあいだ立ちっぱなしだったこともあり、会場を出るときには疲れて空腹だったが、概《おおむ》ね好印象を持ってもらえたようなので出席した意義は大いにあった。

朝に聞いた予定では、そろそろ鷹遠が帰宅している頃だ。早く自分も帰りたいと考えて乗りこんだタクシーが走り出したところで、同乗していた幣原に「署長。お時間がおありでしたら、このあと一杯どうですか?」と誘われた。

「ちょうどこの近くに、うちの署員がよく利用する天ぷらの美味い店があるんです」

会場内では常に一緒にいたわけではなかったが、目端《めはし》の利《き》く幣原は遥がほとんど何も食べられなかったことに気づいて、労《ねぎら》ってくれようとしているのだろう。

できれば料理は鷹遠の作ったものを食べたい気持ちはあったものの、遥は幣原の気遣いをありがたく受けることにした。「それでは、ぜひ」と頷いてから、遥はスーツのポケットからスマートフォンを取り出す。鷹遠に帰宅時間が遅れることを伝えるメールを送るためだ。

「もしかして、どなたかとお約束がありましたか？　でしたら、私のほうはまた次の機会にいたしましょうか？」

「いえ。鷹遠さんに帰りが遅くなる連絡をするだけですから」

微笑を返した遥は、ふと思い立って口にしてみる。

「私が着任した日に、鷹遠さんのことを誠実で清廉な刑事だと評価されていましたが、幣原さんは彼のことをかなり高く買われているんですよね？」

「……あの、そのようなことを仰るということは、鷹遠が何か粗相《そそう》を？」

不安そうにうかがう眼差しを向けられ、遥は慌てて「そうではありません」と否定する。

「家での鷹遠さんは完全に子煩悩《こぼんのう》な育ての親で、甥御さんの相手をしている姿からは刑事らしさをあまり感じないので、普段の仕事ぶりに少し興味を持ったんです」

それは咄嗟のごまかしではなく、事実だった。

思いがけない同居が始まって今日で四日目だが、初日に「薔薇の蕾ちゃん」と呼ばれ、「あの夜、出会えてよかった」と言われたことをのぞけば、何も知らずにホテルに入った夜の話題は一度も出ていない。べつに、お互いに不自然に避けているわけではないけれど、口を開けば聖大の話になるために、何となくそんな雰囲気《ふんいき》にならないのだ。

だから、鷹遠が自分にどんな気持ちを抱いているのかが、いまだに判然としない。遥にしても、自分たちのあいだに署長と署員で、しかも叔父同士だという複雑な関係性があるとわかった今、鷹遠とどうなるのが適切なのか迷っている。

ただ、はっきりしているのは、自分を偽る必要がない鷹遠のそばはとても気分が楽だということ。そして、一日が終わるつど、鷹遠への好ましさが深まってゆくことだ。

聖大を愛《いと》おしむ温かな眼差し。自分に向けてくれる穏やかな声。料理や裁縫をまるで魔法のように器用にこなす指。決して偉ぶることのないベビーシッターたちへの態度。――知れば知るほど人間的な好意がどんどんと深まる鷹遠への興味は、日々大きくなるばかりだ。

「ああ、なるほど」

幣原は納得した顔で話しはじめる。

「鷹遠がうちの署の配属になったのは三年前で、その前は東新宿署におりました。剣道の猛者《もさ》で、なおかつノンキャリアでは珍しい司法試験合格者ですからねえ。東新宿署に卒配《そつはい》されて二年たたないうちに、交番から刑事課へ引っ張られまして、」

「――え？　鷹遠さんは、司法試験合格者なんですか？」

新たに知った鷹遠の一面にまたいい意味での驚きを覚え、遥は幣原の話を遮《さえぎ》って問う。

幣原は、まるで自分の息子の自慢でもするかのような顔で「そうです」と大きく頷く。

「そう言えば、確か、署長も司法試験に合格されていますよね？」

「ええ……。あの、鷹遠さんはどうして法曹《ほうそう》ではなく、警察官になったんですか？」

「私が聞いたときは、刑事ドラマの影響だと。最初は照れ隠しの冗談か何かだと思っていましたが、鷹遠は働かずに生きていけるのに、わざわざ警察官という危険な職業を選んだだけでなく、他の者の何倍も真面目かつ熱血に仕事に打ちこんで……、こういう言い方は不適切でしょうが、変わり者ですからねえ。もしかしたら、本当なのかもしれません」

幣原は笑って、「ああ、そうそう」と思い出した顔つきで続ける。

「お伝えし忘れていましたが、月曜の朝は剣道の朝稽古《あさげいこ》をしております。自由参加ですが、鷹遠は大抵いつも参加しておりますし、署長もいかがですか？」


巡査《じゅんさ》部長の鷹遠はまだ二十代ながら刑事課強行犯係の主任を務めており、三人の部下がいるそうだ。そのチームを率《ひき》いての警視総監賞を授与された活躍《かつやく》から、逃げ出したペットの猫をたまたま捕獲《ほかく》した縁で飼い主の小学一年生女児に「お礼に結婚してあげる」と迫《せま》られて困ったというほのぼのエピソードまで、鷹遠の真面目さや為人《ひととなり》がわかる仕事ぶりを聞きながらの酒は、なぜだかやけに美味かった。

少し飲み過ぎ、二十二時を回って帰宅すると、鷹遠はキッチンで米を研《と》いでいた。互いの顔を見ると、もうずっと同じ家に住んでそうしていた家族のように「お帰り」、「ただいま」と口から自然に言葉が出る。

「だいぶんご機嫌だな。美味い酒だったのか？」

まあな、と遥は唇をほころばせる。

「さっき、幣原さんから月曜の朝稽古に署長をお連れしろって電話が来たが、出るのか？」

スーツの上着を脱ぎながら、遥は「ああ、出る」と頷く。

「大丈夫か？　うちは猛者揃《ぞろ》いだから、稽古はかなりハードだぞ。幣原さんも竹刀《しない》を握ると人が変わるしな。入庁後の研修中に柔剣道をちょろっとかじったくらいなら、やめておいたほうがいいと思うぞ？」

「剣道は小学校から続けてる」

「それは失礼しました、署長」

笑んだ鷹遠が「ところで、お前、明日は何も予定ないだろ？」と聞いてくる。

明日は日曜だ。刑事にはカレンダーの休日は関係ないが、幹部クラスは今晩の懇親会のような特別なことがない限り、土日は公休日になっている。遥は「ああ」と返す。

「なら、動物園へ行かないか？　聖大連れて、三人で」

「動物園？」

「ああ。明日は勤務日の予定だったんだが、急に休みが取れることになってさ。聖大がフラミンゴを見たがってたから、連れていくことにしたんだ。で、お前もどうかと思って」

鷹遠と聖大と三人で動物園。楽しそうだ。迷わず承諾《しょうだく》し、遥は鷹遠を呼ぶ。内釜を炊飯器《すいはんき》にセットした鷹遠が、「ん？」と振り向いて笑う。

「お前、司法試験合格者なんだな」

鷹遠は片眉を上げてから、「苦い思い出だ」と悪戯《いたずら》めいた目をしてみせる。

「合格したのは四年のときで、尚嗣さんに褒めてもらおうと思って得意満面で報告したら、お前は三年のときに受かってたって実の弟自慢が返ってきたからな。結局、尚嗣さんはお前の自慢に終始して、俺は一言も褒めてもらえなかった」

「それは何というか、悪かった……のか？」

「ま、気にするな。俺の勝手な落胆《らくたん》だ」

軽い口調を返しながら鷹遠はグラスに水を汲《く》み、それを遥に渡す。礼を言って受け取り、遥は鷹遠が警察官になった理由を訊く。

「幣原さんは刑事ドラマの影響かもしれないと言っていたが、そうなのか？」

二パーセントくらいはそうだ、と鷹遠は双眸を細めて頷いた。

「じゃあ、残りの九十八パーセントは何だ？」

グラスを口もとへ運び、遥は問いを重ねる。

「司法試験を受けたのは、それほど強い思い入れがあったわけじゃないんだ。身近な大人の男は尚嗣さんだけだったから、同じ職業に就くのもいいなって何となく思ってたていどで。だけど、合格したあと、改めてその先の人生のことを考えてみたら、法曹の世界に入るよりは、犯罪者を捕まえる世界に行きたいって思ってさ。俺はひき逃げで親を一度に亡くしたが、被害者遺族として一番感謝したのは、犯人を捕まえてくれた警察だったからな」

土砂降《どしゃぶ》りの雨の日の、自宅の門前での事故だったという。現場からどんどんと流れていく証拠を、捜査員たちがびしょ濡れになりながら路上を這《は》い回《まわ》り、かき集めていた様子を、鷹遠は家の中からずっと見ていたそうだ。そんな遠い日の記憶を特に悲壮感を漂わせるでもなく淡々と語り、鷹遠は「で、お前は？」と遥を見る。

「どうして、警察庁《サッチョウ》に入ったんだ？」

問われた瞬間、何だか急に喉の渇《かわ》きが強くなったような気がして、遥は水を飲んだ。

「……俺は、兄さんへの憧れが強かったから、本当は検事になりたかった。でも、父さんに警察庁を勧められて……」

学校も就職先も結婚相手も、両親に喜んでもらえるよう、勧められたものを素直に選ぶのが正しい生き方だと思っていた。だが、鷹遠を前にすると、そんな生き方を躊躇いなくしていた自分がまるでただの人形のように感じられて、恥ずかしくなった。

赤らんだ目もとを隠すようにうつむきかけたとき、ダイニングテーブルの上に置かれていた鷹遠のスマートフォンが鳴った。

「——と、悪い」

警察官の習性で、鷹遠は即座にスマートフォンを手に取る。

応答して二言ほど言葉を交わしたあと、鷹遠が「落ち着け。まず深呼吸しろ」と通話相手をなだめた。何か事件が発生したのかと思い、咄嗟に顔を撥《は》ね上《あ》げた遥の横で、鷹遠は「台所にオリーブオイルがあるなら、それを使え」と言った。そのあとには、「少しずつ足しながら、指でほぐせばいい」や、「とにかく慎重《しんちょう》にゆっくり挿れれば、大丈夫だ」などの、何やら助言めいた言葉が続く。そして、最後に「頑張れよ」と声援を送って、鷹遠は電話を切った。

「……今の、何の電話だ?」

初めてのアナルセックス手ほどき電話、と鷹遠は笑んで答える。

聞けば、相手は東新宿署で交番勤務をしていた頃に補導したことのあるゲイの青年だという。今は大学二年になった彼は、部屋に遊びに来ている初めての恋人とこれから初セックスに及ぶらしい。しかし、予定外の急展開でそうなったため、用意が何もないことを思い出してパニックになり、相手がシャワーを浴びているあいだに慌てて鷹遠に電話をかけてきたそうだ。

「そもそも誰のお尻にもアレは入るんですか、入らなかったらどうするんですか、って涙声でさ。思わず頭を撫でくり回したくなる初々《ういうい》しさだな」

肩を大きく揺らして、鷹遠はスマートフォンをテーブルに置く。

電話の相手を補導したのは五年前の夏休みだったらしい。部活の先輩に恋をして性癖を自覚し、悩んだ末に深夜のゲイタウンへ入りこもうとしていたところをとめたという。

その補導少年が青年となった今でも、鷹遠は相談役を続けているそうだ。警官としてではない。同じゲイ仲間として、そして人生の先達《せんだつ》として。

そんな説明を聞いて、遥は彼をとても羨ましいと思った。嫉妬《しっと》ではない。いい相談役を得られた幸運を、純粋に羨望《せんぼう》したのだ。

「……羨ましいな。俺もそういう若い頃に、悩みを相談できる仲間を得られていたら、人生が変わっていたかもしれない」

酔っていたせいか、本音がぽろりとこぼれ落ちた。

「今の人生が不満なのか？」

「不満とは、たぶん少し違う……。だけど、息苦しいんだ。今まで、家族や友人の誰にも、本当の自分を見せられなかったから。自分が同性にしか興味が抱《いだ》けない人間なのは、小学生の頃からわかっていたのに……」

「どうして、ずっと苦しいまま、何もしないでいたんだ？」

それを責めているのではない、ただ穏やかな口調で鷹遠は問いかけてくる。

遥は答え方を少し考え、「俺は、兄さんが綸子さんと結婚したことに悪い印象は持っていない」と、誤解してほしくないことを最初に伝えた。

「自分をさらけ出す勇気がなかった俺の目には、いざというときに大胆だった兄さんの行動が格好よく映ったし、あの頃はまだ子供で、大人たちの騒動からは蚊帳《かや》の外だったせいか、兄さんたちの恋愛が何だか映画みたいに思えて、観客にでもなった気分で応援していたから……」

――彼女を愛しているから結婚したんです。結婚とは、愛する者とすべきことのはずです。

激昂する両親の前で凜然《りんぜん》と言い放った尚嗣の眩《まぶ》しい姿を思い出しながら、遥はそばにあった椅子に腰かけた。

「だけど、そういう感情とはまったくべつなところで、お前たちの育て方が悪かったからこうなったんだ、って祖父母や親戚中から責められて、窶《やつ》れていった両親を見て、決めたんだ。親を悲しませることを、自分は絶対にしないと」

そのときから、どんなに息苦しくても、両親の、そして周囲の期待を裏切らない模範的《もはんてき》な生き方を、遥は自分に課してきた。

「普通じゃないことを詰られるのは、かまわない。たぶん、耐えられる。だけど、親の泣き顔は見たくない。だから、俺はこの先もずっと、親が喜ぶ『いい子』を演じるのをやめられない」

いつの間にかうつむき、深く引いていた顎先を、「なあ、遥」と指先で持ち上げられる。

「親への感謝は一生持ち続けるべきだが、自分の人生は自分のものだ」

だけど、と声を揺らす遥を、鷹遠はまっすぐに見据えて言う。

「自分を偽って、死ぬときに悔いが残るような生き方をしたら、せっかく与えてもらった命に申し訳ないと思うぞ?」

強くて優しい声が心の奥深くに響いて、こだまする。

胸が、どうしようもなく熱くなっていく。初めて理解者を得たことへの嬉しさ以外のものがそこには確かにあるのに、それが何なのか、遥にはすぐには判断がつかなかった。

「鷹遠……」

喉もとへこみ上げてくるこの熱塊《ねっかい》は何だろう。教えてほしいと思いながら、甘やかな目をした男を呼んだ語尾に、「おしっこ、でるぅ」とかすかな声が重なる。

振り向くと、扉を開けていたリビングの入り口近くの廊下で、聖大が尺取り虫《しゃくとりむし》のような格好で伏せていた。ほとんど眠りながらトイレに起き出したものの、道半《なか》ばで力尽きた様子だ。

「待て、待て、待て、待て!　そこでするなよ!」

叫んだ鷹遠とふたりで慌てて駆け寄ったが、間に合わなかった。

晴天に恵まれたこともあり、日曜の動物園は家族連れやカップルで賑わっていた。それでも敷地面積は広大なので、周囲との距離を気にする必要はないていどの空間の余裕は十分ある。

「みんなで、フラミンゴとおんなじいろのおようふくきて、みにいこうよ」という案が採用されて上機嫌の聖大を真ん中にして、その小さな手を鷹遠と遥は左右から握り、並んで歩いた。

「ねえ！　もういっかい、ぶーんってして！」

うきうきとせがまれて、遥は鷹遠とタイミングを合わせて聖大の身体を高く引き上げる。一瞬、宙に浮き、すとんと着地した聖大は「もういっかい！」と声を弾ませる。遥には連行されるリトルグレイの写真を連想させるその遊びを、聖大はかなり気に入ったらしい。「もういっかい」を何度も繰り返しながら、フラミンゴ舎がよく見渡せる木陰《こかげ》のベンチまで時間をかけて辿りつく。そこに聖大を挟《はさ》んで座り、鷹遠が朝、作った重箱弁当を皆で開けた。

ハンバーグに玉子焼きにウィンナー、ニンジングラッセとインゲンのベーコン巻きとジャガイモのカレー焼き。そして、遥は初めて見た手鞠寿司《てまりずし》。小さく丸めた酢飯に色とりどりの具材が可愛らしく載っている。

ウェットティッシュで手を拭き、「いただきます」と皆で声を揃える。

「これ、フラミンゴとおんなじピンクいろ！」

桜でんぶをちりばめた手鞠寿司をぱくりと頬張った聖大が、「ねえ、ねえ。ハルカちゃん」と口もとをピンク色にした顔を向ける。

「ユキちゃんのおべんとう、おいしいね」

昨夜の粗相のことなどまったく覚えていないらしい聖大は、無邪気に愛らしさを振りまく。

廊下に大きく広がってほかほかと湯気を立てるお漏らしの池を鷹遠と拭き、呼んでも揺すっても起きない聖大のパジャマと下着を取り替えているあいだに、甘くなりかけていた昨夜の雰囲気は跡形もなく吹き飛んでしまった。部屋の布団に運ぶ途中で、聖大がコアラのように遥にしがみついて眠りこけ、離れなくなってしまったので、話の続きも結局できなかった。

ほんの少しだけ残念だと思ったけれど、べつに話す機会がなくなったわけではない。遥の中では、自分にすっかり懐《なつ》いてくれた聖大を可愛いと感じる気持ちのほうがずっと大きい。

「そうだな。おいしいな」

笑って頷き、遥は聖大のやわらかい口もとをティッシュでぬぐう。

子供とは手のかかる生きものだ。けれども、それがとても愛おしいと遥は強く思う。

セックスどころか、まだ恋すらまともにしたことがないのに、一足飛びに子持ちの気分になっている自分が不思議で、何だかおかしかった。

「ハルカちゃんはユキちゃんのおりょうりのなかで、なにが一ばんすき？　ぼくはチーズフォンデュ」

鷹遠の作ったチーズフォンデュはまだ食べたことがないので、遥は「玉子焼き」と答える。

「ぼくはたまごやきは四ばんめにすき。二ばんめはハンバーグで、三ばんめはタコさんウィンナー。それから、五ばんめはいちご！」

料理ではないものが若干交じっていたが、あえて指摘はせずに「よかったな。好きなものがたくさん入ってて」と微笑んだときだった。

「すみませーん。ちょっとよろしいですか」

もこもこした羊のかぶり物を被《かぶ》り、カメラを持った若い女が近づいてくる。一瞬、不審者かと身構えかけたが、よく見ると動物園のロゴの入ったTシャツを着ており、首からＩＤ証も提《さ》げている。動物園の職員のようだ。

「あの、私、ここの広報の者なんですが、パンフレット作りのための写真を撮《と》っておりまして。とってもすてきなご家族なので、ぜひ一枚、撮らせていただけませんか？」

聖大はパーカーで、鷹遠はＶネックのＴシャツ、遥は半袖シャツと着ている服はばらばらだが、色は三人ともピンクで揃《そろ》えているのでペアファッションと言えなくもない。「休日の動物園でペアファッションに身を包み、仲よく弁当を食べている」という光景から「夫婦と子供」だと思いこんでいるらしい女性職員は、にこにこと愛想よく話を続ける。

「可愛いお子さんですねえ！　おいくつですか？」

「五さいです。フラミンゴみにきたの」

聖大は元気よく答えて、職員に愛想返しをする。

「まあ、しっかりなさってるんですねえ。それにしても、ご両親にそっくりですね。美人のお母様とイケメンのお父様のいいところを受け継い、で……？　――え？」

女性職員の視線が遥のシャツの胸もとでぴたりととまったかと思うと、その眉間にぐっと皺《しわ》が寄る。どうやら、自分の間違いに気づいたようだ。

「……あの。ええと、大変失礼ですが、もしかして、ひょっとして、男性の方でいらっしゃいますでしょうか?」

おかしな具合に丁寧すぎる問いかけに、遥は「そうです、男です」と苦笑する。

「そ、そうでしたか。すみません、失礼しましたっ」

職員は頭を下げて詫びつつも、成人の男ふたりのあいだにその遺伝子を足して二で割った顔をした子供が座っているさまが、不思議でたまらないふうだ。冷静に考えれば「歳の離れた三兄弟」や、まさに事実である「ふたりの叔父と甥」と言った関係性が思い浮かびそうなものだが、最初に夫婦だと思いこんでしまったことが思考の邪魔をしているのだろう。

遥と聖大のあいだで視線を忙《せわ》しなく行き来させ、ひとりで混乱を深めている様子の職員は、「どうも、お邪魔しました。ご、ごゆっくりぃ」と頬を引《ひ》き攣《つ》らせて走り去って行った。

「あの顔じゃたぶん、彼女の頭の中でお前は摩訶《まか》不思議ワールドからやってきた妊娠《にんしん》出産経験者になってるな」

面白《おもしろ》がる口調で言って、鷹遠はニンジングラッセを摘《つ》まむ。いくら何でもそれはないだろうと思ったが、反論を口にするより先に、「ねえ、ハルカちゃん」とシャツを引っ張られる。

「ハルカちゃんは、こうじしたの?」

「こうじ?」

「きのう、いちはらさんがね、ハルカちゃんとぼくはめがおんなじ、ふしぎねっていってたの。そしたら、おださんも、おんなじね、おやこみたいね、ふふふってわらってたの」

遥をじっと見つめて聖大は訴《うった》える。

「こうじをしたら、おんなのひとがおとこのひとになるってテレビでやってたよ。ハルカちゃんのおちんちんはにせもので、ほんとうはぼくのママなの？」

聖大と自分の顔に誰もが一目でそれとわかる共通点がある理由を、そんなふうに導き出していたことに驚いてしまった。驚きすぎて、咄嗟に返す言葉を失った遥の代わりに、鷹遠が真顔を作って答えた。

「聖大、残念だったな。ハルカちゃんのおちんちんは正真正銘《しょうしんしょうめい》の本物だぞ」

「……ほんとう？」

本当だ、と鷹遠が重々しく頷くと、聖大は今度は遥に問いかけてきた。

「ほんとうにほんとう？　ほんもののおちんちんなの？」

食い入るように自分を見つめてくる眸《ひとみ》が、どうしようもなく愛おしい。本当は叔父だけれど、聖大がそう望むならママだと言ってやりたい奇妙な衝動に駆られつつも、遥は真実を伝える。

「本当に本当だ」

「……なんだあ。じゃあ、ハルカちゃんはぼくのママじゃないの……」

唇を尖らせて、本気でしょんぼりしている様子に、心臓がぎゅっと摑まれでもしたかのような痛みが胸に広がる。望まれている答えを言ってやれないせめてもの罪滅《つみほろ》ぼしに、遥は聖大を抱き寄せ、膝の上に乗せた。聖大は一瞬きょとんとした表情になったが、すぐに笑顔になる。収まりのいい場所を探して身じろぎ、遥にぴったりと背をくっつける。

「ハルカちゃん、ママじゃないけど、ママみたい」

嬉しそうに言われて遥も嬉しくなり、その小さな肩を抱く。

「おい、聖大。もう赤ちゃんじゃないから、抱っこは恥ずかしいんじゃなかったのか？」

「これはだっこじゃないもん。おひざにのせてもらってるだけだもん」

そうか、と笑った鷹遠が、空《あ》いたスペースへ弁当を持って移動してくる。遥の左半身と鷹遠の右半身が、触れ合うほどに近くなる。胸に感じる聖大の体温と、身体の左側を温かくする鷹遠の気配がとても心地よかった。

「ユキちゃん。ウィンナー、とって」

手を伸ばせば鷹遠の膝の上の弁当に届くのに、そんな甘えたことを言った聖大の口もとへ、鷹遠が苦笑しつつ「ほら」とウィンナーを持ってくる。

聖大は、一口大のそれをぱくりと食べた。

「つぎはハンバーグ」

先にニンジンだ、と運ばれてきたオレンジ色のグラッセをむくれつつ口に入れた聖大の癖毛を、遥はそっと撫でた。いつまでも、こうして三人でいられたらいいのに、と思いながら。

ジャガーやキリンやペンギンを見に行っては「やっぱりもういっかい、フラミンゴみる!」と園内を閉園時間まで走り回った聖大は、帰り際にはずいぶん疲れてしまっていた。だから、後部座席のチャイルドシートに座らせたとたん、こてりと寝入った。

「鷹遠。聖大は、綸子さんたちと暮らしていた頃のことを覚えていないのか?」

助手席のシートベルトを締めながら、遥は尋ねた。

「父親代わりだった画家——英正《ひでまさ》さんっていうんだが、その人はスケッチ旅行で留守がちだったみたいで、もう覚えてない。姉貴との思い出はまだぼんやりとは残ってるが、三歳までの記憶はそのうち消えるからなぁ」

鷹遠は小さく息をついて自分もシートベルトを締め、車を発進させた。

「ただでさえ、複雑な生い立《おた》ちだからな。いずれ自分の中から親の記憶がなくなってることに気づいたときに、心に穴が空かないように育ててやればいいんだが」

「お前なら大丈夫だ、絶対」

心の底から本気でそう思ったせいか、声が必要以上に大きくなった。運転中の鷹遠は前をまっすぐ見たまま、「ありがとな」と笑った。

「お前も眠かったら、俺に遠慮せず、寝ろよ」

「ああ」

それから家に帰り着くまでの一時間ほどのあいだ、会話は特になかった。それでも、気まずさはまったく感じなかった。それは鷹遠も同じようだった。信号で停まるたび、後ろの聖大の様子を確かめてから、遥に淡く笑いかけることを繰り返す。

そうしていることがごく自然に思える穏やかな空気が、車の中には満ちていた。出会ってまだ何日も経っていないのに、ずっと前からこうして一緒にいたような気分だ。

車窓の向こうには、夕暮れが近くなった空が広がっている。ほのかに色を変えはじめている空をぼんやりと眺めながら遥は、鷹遠は自分をどう思っているのだろうと考えた。

単なる行きつけの店ではなく、自宅と同じビル内の店に誘われたのだから、出会った夜の時点では特別な意味があったはずだ。それなのに、ひとつ屋根の下で色めいた進展が何も生まれないのは、自分たちの関係性を知って性的な興味が萎えてしまったからなのだろうか。鷹遠の中で、自分は「秘密の共有者である叔父同士」でしかなくなっているのだろうか。

訊けば、鷹遠はきっと答えてくれるはずだ。けれども、尋ねたくはなかった。答えを求めることで、今のこの甘くて優しい関係が変わってしまうかもしれないことが怖かったからだ。

そんな矛盾《むじゅん》した気持ちを持て余して、視線を運転席へ流す。ちょうどハンドルを切った逞《たくま》しい腕が視界に入り、鼓動が跳ねた。あの腕が肌に直《じか》に触れた夜のことが頭の中で回りはじめ、鼓動がますます速くなってゆく。

鷹遠のことを考えると胸が熱くなる。いつかは、セックスをしたいとも思う。けれども、縁談が流れたばかりで、セックスを経験することへの焦《あせ》りがなくなった今は、鷹遠と聖大と三人でこうして一緒に過ごすだけで心が満たされる。そう感じるのは、鷹遠に抱く感情が恋とは違うからなのだろうか。

考えても、よくわからなかった。明日が早いせいで、家に着いてからもそのことを話そうという気にはなれず、胸は一晩中、答えの出ない難問のせいでじんじんしていたけれど、その疼きは不快なものではなかった。

翌朝、まだ寝ている聖大を小田たちに預け、鷹遠とふたりで家を出た。剣道の朝稽古に参加するための早い出勤だったが、署に着いてみるとそれどころではなくなった。

稽古への参加を希望する市民を装った若い男ふたりが、対応に出た署員に刃物を突きつける事件が起きていたのだ。男たちはすぐに取り押さえられ、怪我人も出なかったものの、たちまちマスコミに知れ渡って取材陣が駆けつける騒動となった。

「襲撃の主犯格は、管内に住む二十三歳の会社員です。言わずもがなの小宮華ファンで、もうひとりは渋谷区在住の追っかけ仲間だということです」

昼近くになり、幣原が取り調べ内容の概要《がいよう》を報告しに来た。

彼らは、署員の誰かを人質に取り、牧丘前署長に全国ネットのカメラの前で土下座《どげざ》謝罪をさせることを要求するつもりだったそうだ。

「主犯格のほうは、高校生の頃にここの稽古に来ておりまして。月曜の早朝に参加希望を装って来れば怪しまれないことを知っており、署員が少ない時間帯なので犯行がおこないやすいと考えたようです」

言って、幣原は深いため息を落とす。

「牧丘前署長は必要以上の社会的制裁を受けられましたし、まあ、恋愛というものは燃え上がれば理性では抑《おさ》えきれなくなるものでしょうから、あまり責めたくはありませんが、ここまでろくでもない騒ぎが続くと恨み事の十や二十は送りたくなりますな」

こめかみのあたりを押さえてぼやきつつ、マスコミへの対応予定策を述べた幣原は退室しかけて、「あ」と何かを思いだした様子で振り向いた。

「うっかり、お伝えし忘れるところでした。官舎の件ですが、先ほど本庁から連絡があり、ご用意できたそうです。明日、お移りください、とのことです」

「——え。明日、ですか?」

「はい。業者の手配が間に合わないようでしたら、警務課から何名か出しますが、どういたしましょう?」

「……ほとんど段ボールに入ったままですし、それには及びません」

「そうですか。では、よろしくお願いいたします」

元々、鷹遠との同居は一、二週間と決まっていたことだ。いつまでもあの家にいられるはずがないことはわかっていたのに、いざ期限終了を告げられると深い動揺を覚えた。

曖昧な関係のまま、鷹遠とのあいだに物理的な距離ができてしまうのは不安だ。愛おしくてたまらなくなっている聖大と離れるのも辛い。しかし、いくら嫌だと思ったところでどうしようもない。これはきっと、踏ん切りをつけるためのいい機会なのだと遥は思った。

きちんと話をしようと決めたものの、その夜、鷹遠は帰りが遅くなるとのことだった。先に帰宅した遥は小田たちを見送って、聖大とふたりで食事をし、風呂に入った。それから、歯磨きの仕上げや明日の登園準備の確認を鷹遠に代わっておこない、布団の中で待ち構えていた聖大に今晩の順番だという『わらしべちょうじゃ』を読み聞かせた。

「ちょうじゃ、おもしろかった！　あした、たのしみだから、ぼく、もうねるね」

読み終えると、聖大がやけに声を弾ませて言って、ぎゅっと瞼を合わせる。わざわざ「寝る」と宣言して目を閉じる仕種が可愛らしい。思わず微笑み、本を片づけかけてふと気づく。昔話シリーズの次の番号の絵本は『うらしまたろう』だった。気に入ったらしい『わらしべちょうじゃ』のようなハッピーエンドとは言いがたい話なだけに、遥はつい訊いてしまった。

「……明日の『うらしまたろう』が楽しみなのか？」

目をぱちりと開けた聖大が「ううん」と首を振って笑う。

「あしたのおやつ、ユキちゃんのチーズケーキだからたのしみなの。こんばん、つくってくれるって」

鷹遠に教わったのだろう。チーズケーキは一晩寝かすと美味しくなるのだと聖大は言った。

「ハルカちゃんのぶん、ちゃんとのこしておくから、あしたのよるごはんのとき、いっしょにたべようね」

改まってそれを告げる雰囲気にならなかったので、明日、出ていかねばならないことを遥は聖大にまだ伝えていない。今、言おうか迷ったが、明日が来るのをこんなにも楽しみにしている聖大をがっかりさせたくなく、別れの言葉が喉の奥へすべり落ちていってしまった。

「……ケーキはおやつなんだろう？　なのに、夜もまた食べるのか？」

「うん。だって、ユキちゃん、おおきいの、つくってくれるっていったもん。だから、よるも、まだまだいっぱいのこってるよ」

「そうか。ユキちゃんは、ケーキも作れるんだな。すごいな」

肝心なことが話せない罪悪感から今は目を逸らし、聖大の頬をそっと撫でた。

「うん。だけど、ケーキはあんまりとくいじゃないんだよ。ユキちゃんはあまいクリームがきらいだから、においでうえっぷってなるんだって。でもね、チーズケーキはだいじなひとにたべてもらいたくて、れんしゅうしておぼえたの」

「……大事な人って？」

「ぼく！」

胸を張った答えが返ってきたが、遥は何となく違う気がした。

聖大は確かにチーズが好きだと日頃から口にしているが、普通の食事とケーキはべつものだ。小さな子供はチーズケーキよりも、ショートケーキやチョコレートケーキなどの、もっとわかりやすく甘いもののほうを喜ぶのではないだろうか。

そう思って尋ねると、案の定《じょう》だった。聖大は「チーズケーキもすき。でも、おっきくてまっかないちごののったショートケーキはもっとだいすき！」と答えた。

「ショートケーキはね、いつもしたのおみせでかうの。おいしいよ」

やはり、「チーズケーキを食べさせたい大事な人」は聖大ではないようだと遥は確信する。

鷹遠は恋人がいるのに、行きずりのセックスをするような男ではない。だが、好きな相手ならいるのかもしれない。鷹遠の心には、自分以外の誰かが住んでいるのかもしれない。

あの腕で本当に抱きしめたいのは、自分以外の誰か――。

そんなことを考えたとたん、心臓が軋《きし》みを上げた。ぎしぎしとした胸の痛みに息を詰めて、遥は思い知る。今まで一度も恋をしたことがなかったから、鷹遠に抱く感情の正体がずっとわからなかった。けれども、鷹遠が自分以外の誰かをその腕に抱くことを想像した瞬間、嫌だと感じたこの想いが、友情や仲間意識や同情であるはずがない。――絶対に。

聖大の寝顔を眺めているうちに、いつの間にか自分もうとうとしてしまっていた。寝返りを打った聖大のパンチを胸に受けて目を覚ましたときには、もう日付が変わっていた。

足もとで丸まっているタオルケットを聖大の首元まで引き寄せて起き上がり、自室の荷物の整理をするために部屋を出る。リビングのほうから人の気配がした。遥はふらふらとそちらへ向かう。エプロン姿の鷹遠が、ダイニングテーブルにチーズケーキの材料らしいものを広げていた。エプロンの下はワイシャツにネクタイで、スーツの上着は椅子の背に掛かっているので、帰ってきたばかりのようだ。

おかえり、と掛けた声が少し震えた。

「ただいま。明日、ここを出るんだってな。幣原さんから聞いた」

「……ああ」

「聖大にはもう言ったか？」

「まだだ」

「そっか。お前のいる生活がすっかり当たり前になってるから、明日はぐずるだろうな」

「悪い……」

「お前が謝ることじゃないだろ？」

淡く笑んだ鷹遠はボウルにクリームチーズを入れ、泡立て器で練りはじめた。

「なあ、遥。ちょうど――」

鷹遠の言いかけた言葉が、途中で途切れる。テーブルの上でスマートフォンが鳴ったのだ。

「これ、ちょっと練っててくれ」

やわらかくしてくれよ、と笑って注文をつけて遥にボウルを渡し、鷹遠は電話に出る。

かけてきた相手は、武川《たけかわ》という名の鷹遠の部下のようだ。強行犯係で一番若い刑事で、現在当直中の武川は、通報を受けて駆けつけた先で、何やら手続きの仕方のわからないことが発生したとかで、鷹遠に泣きついている。

聞き耳を立てるつもりはなくても漏れてくる会話をＢＧＭにして、このチーズケーキを食べさせたい本当の相手は誰なのだろうとぼんやり考えていたせいで、手もとが狂った。

泡立て器の先がおかしな場所に当たり、もうだいぶんやわらかくなっていたクリームチーズが手に飛び散った。

「不器用なお坊ちゃまだな」

ちょうど指示を終えて電話を切った鷹遠が遥の手を取り、指先に絡むクリームを躊躇いもなく舐めた。肉厚の舌が肌を這う感触があの夜のことを思い出させ、背に震えが走る。

「な、何で、舐める、んだ……」

「明日からは、舐めたいと思ったときに舐められなくなるから」

強い光が宿る目を遥に向け、鷹遠はそんな理由を口にした。

「ほかの場所も舐めていいか？　お前の薔薇の蕾をまた舐めたい」

濃い欲情をしたたらせる物言いに、肌がざわめいて熱を孕《はら》む。

「……そういうことは、本当に好きな相手に言うべきだ。お前には……いるんだろう？　そういう相手が……」

「どうしてそう思うんだ？」

遥の手を持ったまま、鷹遠が静かな声音で問う。

「聖大が言ってたんだ……。お前は甘いクリームが嫌いで、ケーキ作りは得意じゃないけど、この、チーズケーキだけは、大事な人に食べさせるために……作り方を覚えたって」

みっともないと思いながらも眦《まなじり》が熱くなっていくのをとめられず、遥は声を震わせる。

「聖大は……、大事な人は自分のことだと主張していたが、違う……だろう？」

ああ、違う、と躊躇いなく答えて、鷹遠は遥の指先を軽く吸う。

「それは、姉貴のことだ」

「……え？」

「尚嗣さんの転任先はどこも、近くにケーキ屋のないど田舎だったから」

綸子が、自分好みのテナントだけを入れたというこのビルの一階は洋菓子店だ。つまり、綸子はそれほどケーキが好きだったのだ。あっけない「大事な人」の正体に、遥は安堵するよりも、わずかなあいだでも嫉妬めいた感情を抱いてしまったことが恥ずかしくなる。

真っ赤になった顔を伏せて、「そ、そうか」と声を詰まらせる。

「可愛いな、遥。俺がお前以外の誰かの尻を舐めるのが嫌で、そんな泣きそうな顔をして」

それは著《いちじる》しい事実誤認だ。つい泣きたくなったのは、そんな変態じみた理由ではないと訂正しようとしたが、そうする暇もなく腰を抱かれた。

「遥。俺はお前が好きだ」

肌に深く響いてくる、疑いようもないほど真剣な声音だった。

「聖大を引き取ってからは、正直なところ色恋には興味がなくなっていたが、俺は今、運命的な出会いをした薔薇の蕾ちゃんに夢中で、めろめろだ」

腰を抱く力を強くして、「好きだ、遥」と鷹遠はもう一度告げる。

「だけど、ずっと何も言ってくれなかったのに……」

素知らぬ顔の演技をしていたのは自分も同じなので責める気などなかったけれど、我知らず拗ねた口調を放つと、「お前だってそうだろう」と淡い苦笑が返ってくる。

「お前は俺のタイプど真ん中だったから、あそこで出会ったときから惹《ひ》かれたたし、あのまま放っておくといずれ変な男に引っかかって、酷《ひど》い目に遭うんじゃないかと思って心配だった。だから、素性を明かしたくない様子のお前ともう一度会うチャンスを少しでも高めたくて、この下のバーの住所を渡した」

バーの店主は、鷹遠の友人だという。毎日、店で張りこむわけにもいかないので、「聖大と似た目をした男の美人が来たら、すぐに連絡してくれ」と頼んでいたそうだ。

「予想外に早く再会できたお前は新しい署長で、しかも尚嗣さんの弟で、アプローチの仕方にかなり困った。とにかく嫌われるのは避けたかったから、もし俺とホテルに入ったことを後悔してるんなら、おとなしくなかったことにして、聖大の叔父さんその二になってもらうことで満足すべきかも、とかさ」

だけど、と鷹遠は美しくたわめた双眸を遥に向ける。

「署でも、家でも、心が清潔で、品があって、他人を本心から思いやることができるお前を見ていると、どうしようもなく好きになった。このままお前とずっと一緒にいて、家族になりたいと思うようになった」

「たか、と……」

「遥、お前は？　俺を、少しは好きになってくれたか？」

少しじゃない、と遥は首を振る。生まれて初めての告白は恥ずかしかったけれど、正直に心の中を明かした。

「すごく、好き、だ……。俺もお前と……、お前と聖大とずっと一緒にいたい……」

その答えを悦ぶように、鷹遠は遥の指先にきつく舌を搦《から》めて吸った。

「じゃあ、教えてくれ。お前は、ハッテン場で男漁《あさ》りをするようなタイプじゃないだろう？あの夜、どうして、あそこであんなことをしてたんだ？」

その理由もすべて正直に告げるべきだと思った。けれども、この歳で恋愛もセックスも未経験の童貞だということまで打ち明けるのは、やはり躊躇われた。恥ずかしい部分を「結婚前の最後の思い出」にすり替えて事情を説明した遥は、ごまかしのぼろが出る前に話題を変えた。

「お前のほうはどうして、あんな時間に焼き鳥の匂いをさせてあそこにいたんだ？」

「そんなに臭かったか？」

苦笑をにじませた鷹遠の理由は、あの日は非番で、あそこの近くの署に勤務する友人と飲む約束をしていたから、というものだった。だが、その友人は席に着いて早々に呼び出されてしまい、帰り道としてあの公園を通ったのだそうだ。

「あそこでのゲイ狩りは管轄外《かんかつがい》の事件だが、犯人が捕まってないから、何となく気になってさ……。行ってみて、本当によかった。誰かにとられる前にお前に会えて、よかった」

「俺も……」

見つめ合って、告げたときだった。鷹遠のスマートフォンが再び鳴った。液晶画面をちらりと見やった鷹遠が、「またか」と片眉を上げる。武川再び、のようだ。

出ないわけにはいかないので、鷹遠は渋面を作りつつ「ちょっと待っててくれ」と遥の頰を撫でて、通話ボタンを押す。二言、三言の短い応答で電話は切れたものの、鷹遠の表情は険《けわ》しかった。「呼び出された」と鷹遠は大きく息をつく。

「じゃあ、続きはまた今度だな」

そうだな、と頷いた鷹遠はエプロンを外し、椅子の背に掛けてあった上着を着る。

「聖大にケーキはまた今度って伝えておいてくれ。それから、悪いが、片づけを頼めるか？全部、冷蔵庫にしまうだけでいいから。クリームはラップを掛けて入れておけば、小田さんたちが適当に使ってくれる」

「わかった」

刑事の顔になった鷹遠の切り替えの速さを、なりたての恋人としては少し残念に思ったが、署長としてはとても頼もしく感じた。

「行ってくる」

「ああ。行ってこい」

遥は微笑んで、鷹遠を送り出す。しかし、なぜかほんの数秒で鷹遠は戻ってきた。

「忘れ物か？」

「いや。よく考えたら、官舎へ移るんじゃ、この続きはまた明日ってわけにはいかないだろ？署で血迷ってお前を襲わないように、今、舐めさせてくれ。ひと舐め、いや、一分でいいから」

どこを舐めたいのかは、確かめるまでもないだけに、遥は唖然とした。だが、初めてできた恋人に雄の目で求められると、拒めるはずもなかった。

浅く頷いたとたん、急いた手つきで身体を後ろ向きにされ、ズボンを下着ごと足首まで引きずり下ろされる。見せつけられた雄の情熱を悦んだペニスが、角度を持ってしなり揺れた。

「脚を開いて、腰をこっちへ突き出してくれ」

時間は一分だけだ。恥ずかしがっている暇はない。遥はテーブルに手をついて、言われた通りの格好になる。背後で膝を折った鷹遠が、臀部《でんぶ》に手を掛けて左右に開く。

「俺の蕾……」

やけにうっとりとした呟きが聞こえたと同時に、肉環が力強く穿《うが》たれる。

場所をちゃんと覚えていたのか、鷹遠の舌先は迷うことなく遥の弱みへ一直線に突き進み、官能の凝りを串刺しにした。

脳裏で火花が散り、激しく反り返ったペニスがテーブルの天板の底に当たって跳ね返る。

「──んっ、ふぅ……っ。く……ぅっ」

思わず放ちそうになった嬌声《きょうせい》を、遥は懸命にかみ殺した。

凄《すさ》まじい速さで出入りを繰り返す鷹遠の舌は肉環をくぐるつど、的確にそこを捉えて膨らみを突き転がした。抜け出るときには、粘膜を深くえぐり舐めてゆく。

脳髄《のうずい》が震える快感に、ペニスが激しく躍り上がる。揺れ回る反動で、張りつめた茎《くき》が天板の底に幾度《いくど》も当たっては、孕む熱を増す。

「う、う、う……っ」

前方から響いてくる甘美な衝撃と後方からの卑猥《ひわい》な責めに、遥は上半身をくねらせて悶《もだ》えた。

ぴゅくぴゅくと伸び上がっては天板に跳ね返されるペニスの先端で、秘裂がそのふちを濡らして波打っているのがはっきりとわかる。一分など、とても耐えられそうにない。

「たか、と……っ。もう、だめだ。でる、でる……っ、あ、あ、あ……っ」

尖った快感が突き上げてくる。出る、とかすれた悲鳴を放った瞬間、身体を強引にひっくり返され、昂ぶりの先を咥《くわ》えられた。

「――ひぅっ」

射精の勢いよりもずっと強く速く、最後の一滴まで白濁《はくだく》を啜《すす》り上《あ》げてから鷹遠は立ち上がり、腰が抜けかけている遥を抱きしめた。

「ごちそうさん」

濡れた唇を手の甲でぬぐって笑った鷹遠は「愛してる、遥」と甘く微笑んで、今度こそ出ていった。本当に一分もかかっていない早業《はやわざ》に呆然としながらその後ろ姿を見送り、遥は床の上にへたりこんで荒い息を繰り返す。

やがて呼吸が整って落ち着いた頃、ふとおかしくなった。

普通、こういう場面では、愛してると尻の孔を舐めるのではなく、キスをしていくものではないのだろうか。鷹遠はやはり変わった男だ。変わっているを通り越して、かなり変態的なのかもしれないけれど、そんなところも好きだと思えた。

優しくて料理上手で仕事のできるいい男が、あんなにもあからさまな情熱を向けてくれるのだ。悪い気はしない。変態的と言ってもSMのような痛みを伴う行為ではないぶん、むしろ嬉しいような気さえする。

脱がされた下着とズボンをはき直して、遥はテーブルの上を片づけた。官舎に移って落ち着いたら、今の続きももちろんしたいが、それよりも聖大の問題を含めたこれからのことをきちんと話し合いたいと思いながら。

可能ならば、本当に三人でずっと一緒に暮らしたい。その方法をあれこれ模索《もさく》するうちに、ふとある考えが浮かんだ。――下北沢署での任期が終わったら、退職して聖大のママになるのもいいかもしれない。聖大がもう少し大きくなるまでは「ママ業」に専念し、そのあとは司法修習を受けて弁護士と兼業しようか。

鷹遠とはまだやっと恋人になったばかりなのに、そんな妄想を勝手に膨らませている自分がおかしくて、でも幸せで、遥は唇をほころばせた。


遥と鷹遠の愛の営みを中断させた事件は、一夜のうちに大きく展開した。

鷹遠のチームは半月前から、夏目昭彦《なつめあきひこ》という強盗事件の被疑者を追っていた。昨夜、当直中の武川が出動先から署へ戻る途中にその夏目を発見し、しかし取り逃がしてしまった。しかも、夏目は逃走する際に通行人を盾にして、怪我を負わせた。不幸中の幸いで怪我はかすり傷だったものの、夏目が武器を所持して逃走していることから、署内には捜査本部が設置された。

下北沢署署員だけの小さな捜査本部の実質的な指揮者には、元々の担当者である鷹遠が指名された。そして、時期が時期だけに、早急な解決を図る必要があるため、しばらく署に詰めて捜査にあたることとなった。

そのあいだ、聖大は留守番だ。小田と市原がふたりで泊まりこむとはいえ、きっと寂しい思いをするだろう。それがわかっているだけに、その夜の別れは辛かった。

涙をいっぱいに溜めた目で「いかないで」と訴《うった》えられ、胸が痛かった。またすぐに会いに来るからと言い聞かせて抱きしめ、後ろ髪を引かれる思いで遥は官舎に移った。

今度の官舎は戸建てではなく、民間マンションを上級幹部用に借り上げた宿舎だった。数日で荷ほどきがすんで落ち着き、そろそろ聖大の顔を見に行こうかと思っていた矢先、尚嗣から食事に誘われた。たまたま遥の官舎の近くによく行くビストロがあるというので、退庁後にその店で落ち合った。

「着任早々、騒動続きで大変だろう」

遥より先に着いていた尚嗣は、奢《おご》りのコース料理で労ってくれた。

「でも、あるていどは予想していたことですから」

向かいに座る尚嗣は、三つ揃いのダークスーツを優雅に着こなしている。四十一歳の年齢を少しも感じさせない美貌は、血の繋がった弟であっても圧倒されるし、うっかり見惚れたくなるほど凄艶《せいえん》だ。一方的な婚約破棄《はき》をされてもなお、尚嗣を想い続けていた美和も、この妖艶さに魅入られてしまったのかもしれない。

帰省中、たまたま尚嗣とふたりになって飲んだことなら何度かあるが、こうして店でふたりきりの食事をするのは初めてだ。もし可能なら、尚嗣と綸子が六年前に会った時期がいつなのか探りを入れてみるつもりだったが、いざ向かい合うと緊張して、とてもそんな余裕は持てそうになかった。

当たり障《さわ》りのない世間話を続け、メインメニューの肉料理を食べ終わった頃、尚嗣がふと「征臣とは上手くやっていけそうか」と訊いてきた。

捜査本部が立ってから、鷹遠とは仕事以外の話をしていない。だが、一日に何度か、密やかに視線を絡ませ合うだけで繋がりを感じられたし、遥の妄想は署長の任期が明ける来年に飛んでいて、もうすっかり聖大と三人の家族になったつもりでいた。そんな浮かれた頭の中をのぞかれたわけではないだろうが、遥はひやりとした背筋を伸ばし、無理やり笑顔を作る。

「ええ。上手くやっています。何も問題ありません」

そうか、と尚嗣はほっとしたように淡く笑む。

「実は、お前たちのことを少し心配していた」

「どうしてですか？」

「私と綸子との結婚で、お前には色々と迷惑をかけたからな。綸子や、征臣のことを快くは感じていないんじゃないかと思っていた」

「そんなことはありません」

遥は語調を強くしてきっぱりと否定し、迷惑をかけられたなどとは思っていないことや、実は密かに尚嗣と綸子の映画のような恋愛に感銘《かんめい》を受けていたことを話した。

「世間や警察内ではバッシングを受けていますが、前の署長の牧丘さんと例のアイドルのことも、実は幸せになってくれればいいと思ったりしています」

そんな心の中を明かすうちに、尚嗣の顔に驚きが広がる。遥は慌てて「俺はあまり恋愛に縁がないので、他人の恋路に興味津々《しんしん》なんです」とちょっとしたごまかしをつけ加える。

「お前がそんなふうに考えていたとは、意外だな」

尚嗣はそう言って笑い、遥をまっすぐに見た。

「もしかして、この前の縁談、本当は嫌だったんじゃないのか？」

「ええ、まあ……」

「ひょっとして、今、わけありの女性とでもつき合っているのか？」

鷹遠はかなりわけありだが、「女性」ではない。遥は「いいえ」と首を振る。

「そういうわけじゃないんですが……」

「遥。何も私と同じことをしろとは言わないが、結婚に関してくらいははっきりと意思表示をすべきだ。お前はもう跡継ぎ代理じゃないんだ。自分のために、もっと自由に生きていいんだぞ？　私はいつでもお前の味方だし、何かあれば後押しもする。それが、あのとき、お前にかけた迷惑への償《つぐな》いだからな」

思いがけず温かな言葉を向けられ、胸が熱くなった。

「ありがとうございます。でも、迷惑だったなんて、本当に思っていませんから」

はにかみながらそう告げたとき、デザートが運ばれてきた。

尚嗣が予約をいれてくれたコース料理だったので何が出てくるのかは知らなかったが、テーブルの上に置かれたのはチーズケーキの載った皿だった。尚嗣はチーズケーキをフォークで切って、口もとへ運ぶ。甘い物が嫌いなはずなのに、その手の動きには躊躇いがない。

尚嗣の優しさに感動したばかりの胸に、何だか嫌な靄《もや》が広がってゆくのを遥は感じた。

「……兄さん。甘いもの、駄目じゃなかったですか？」

「ああ。だが、これだけはなぜか食べられる」

「……もしかして、綸子さんの影響ですか？　綸子さんも好きだったんでしょう？」

鷹遠の言葉通りであってほしい。あってくれ。

強く願いながら発した問いは、尚嗣にはまったく脈絡がないように聞こえたのだろう。怪訝《けげん》そうなまたたきが返ってくる。だが、それでも尚嗣は間を置かず「いや」と否定した。

「綸子は確かに洋菓子の類《たぐい》が好きだったが、これを食べているのは見たことがないな。そもそもチーズ自体が嫌いだったから、好きこのんで食べたいものではなかったはずだ」

背中にどっと嫌な汗が噴き出る。鷹遠がついた嘘のせいで、遥は真実に気づいてしまった。

鷹遠の「大事な人」とは、尚嗣のことだ。鷹遠は、尚嗣を単なる元義兄として慕《した》っているのではなかった。鷹遠は尚嗣が好きなのだ。

――そして、おそらく鷹遠にとって、自分は決して手に入らない尚嗣の代わりだ。


下北沢署の庁舎は古い。台風が近づいているせいで、朝からうねっている強い風に署長室の窓はがたがたとうるさく揺れっぱなしだ。気にすると必要以上に耳につくので、遥は心を無心にして山積みになっている決裁書に機械的に判を押し続けていた。

「――ちょう。署長！」

いつの間にか執務机の前に立っていた幣原の声が頭上で響き、遥は顔を上げる。

「はい。何でしょう？」

「何でしょうではありませんよ。お忘れですか？　『シモキタめぐり』の取材の時間です」

壁の時計を指さされ、遥は今日の午後にそんな予定が入っていたことを思い出す。

「そうでしたね。すみません、うっかりしていました」

この近辺で配布されているらしいフリーペーパー『シモキタめぐり』の取材は、隣の応接室でおこなわれる。昨夜もまたほとんど眠れなかったせいか、立ち上がったとたん、身体が傾ぎかける。机に手をつき、軽い目眩をやり過ごした遥を、幣原が「署長」と呼ぶ。

「このところ顔色がお悪いようですが……、ご体調が優れないのではありませんか？」

「いえ、そんな大げさなものではありません。引っ越しの荷物の整理がなかなか終わらなくて、寝不足なだけです」

「そうですか。それなら、いいのですが……」

「ご心配をおかけして、すみません」

遥は努めて明るく笑い、「行きましょう」と幣原を伴って署長室を出る。

寝不足なのは本当だが、荷物の整理などもうとっくに終わっている。眠れないのは、毎晩、鷹遠のことを考えて悩んでいるせいだ。

鷹遠の嘘を知ってしまってから、四日が経っていた。

一日目は、ただただショックで呆然とするだけだった。いくぶん落ち着いた翌日になって、遥はまず事実を確認したくなった。もし、鷹遠が自分を尚嗣の代わりにしているだけなら、すぐに関係を断ち切ろうと思った。傷が深くなる前にこの恋を葬《ほうむ》り去《さ》ろうと。

しかし、捜査本部の実質的指揮官である鷹遠に、こんな内容の話のために割《さ》く時間などないことは、その働きぶりを見ているだけで明白だった。署長権限やかりそめの恋人権限で、捜査の邪魔をするような真似はしたくなく、ひとりで悩むしかないまま時間が経つうちに、これからどうすればいいのか、段々とわからなくなっていた。

鷹遠は自分に嘘をついた。しかし、「好みの顔だ」と最初から真実を示してもいた。初めて会った夜からのすべての言動を思い返してみるにつれ、鷹遠の優しさや、「愛してる」と言ってくれたあの言葉に偽りがあったとは思えなくなっていた。

たぶん、鷹遠は尚嗣に似た顔の自分を愛してくれているのだ。本当に。

兄の代わりに愛されているということを、遥はどう受けとめればいいかわからなかった。いくら酷いと思っても、それは鷹遠への恋心を消し去る要素ではないからだ。

鷹遠が自分を愛しているのは、尚嗣に似ているから。それを嫌だと思ったところで、鷹遠を嫌いになれない。だから、どうすればいいかわからない。

頭の中はそんな堂々巡《めぐ》りでいっぱいだった。それに、もし鷹遠との別れを選べば、それは必然的に聖大との別れともなる。自分を「ママじゃないけど、ママみたい」と慕ってくれるあの小さい手を、遥は離したくない。自分の力が及ぶ限り、守ってやりたいと思う。

署長と署員。叔父同士。秘密の共有者。自分と鷹遠の関係は複雑すぎる。どうして、愛情だけのシンプルな関係が築ける相手として出会えなかったのだろうか。

漏らしそうになったため息を、遥は拳《こぶし》を握り締めて呑みこむ。そして、隣の応接室のドアを開けようとしたときだった。

「署長！　副署長！」

刑事課課長の石地が、血相を変えて駆け寄ってくる。

「一大事です、大変です。鷹遠が夏目を発見して、逮捕《たいほ》しました、……がっ」

ひそめた声で一気にまくし立てたあと、息切れして喘《あえ》ぐ石地を、遥と幣原はぽかんと見やる。

被疑者の身柄を確保したのは喜ばしいことだが、一大事だと騒ぐことではない。

「驚かせるな。一体、それの何が一大事なんだ」

太い眉を逆立てた幣原に、石地は肩を上下させながら「まだ続きがあります。最後まで聞いてください」と声を絞り出す。

「発見時、夏目は侵入した民家で盗んだ鉈《なた》を所持し、通行人を人質に取ろうとしていたそうです。その際、鷹遠は武川とふたりだけで、武川が応援を呼んでいる最中に鷹遠がひとりで突進して……、それで、その……、武川がかなり取り乱しておりまして、詳細《しょうさい》がまだわからないのですが、辺りは血の海だとか。鷹遠は病院に救急搬送《はんそう》されましたが……」

石地が浅く息を吸い込み、「生死は不明です」と吐き出した声に、窓を激しく揺さぶる風音が重なる。暗い空から、雨が降り出した。ガラスを叩いて流れ落ちてゆくたくさんの水滴が、街の景色をみるみる霞《かす》ませていった。

「一体、何を考えていたんですか、鷹遠巡査部長！　あなたはこんな愚《おろ》かで自分勝手なスタンドプレーを、英雄的行為か何かと勘違いしているんですか？」

「決してそんなつもりではありませんでしたが、お騒がせして申しわけありませんでした」

深々と頭を下げて謝罪した鷹遠のワイシャツを赤く染めているのは、被疑者の鼻血だ。鷹遠と揉み合った際に、鉈の柄を顔にぶつけて出たものだ。それが「鷹遠の生死は不明」となってしまったのは、鉈を初めて見て腰を抜かしていた武川が、勢いよく大量に噴き出した鮮血にパニック状態となり、石地に「血の海です。鷹遠主任が真っ赤です」と半泣きで電話をしてきたからだ。

実際には鷹遠も、そして人質に取られようとしていた通行人も無傷だと訂正の報告が上がってくるまでの三十分間、遥は生きた心地がしなかった。

「謝ってすむなら、まさしく警察はいらないんです、鷹遠さん。行動は常に複数で、武器を所持する相手に素手《すで》で向かわない、応援を待つ、は基本中の基本でしょう。興奮状態で鉈を振り回す男にひとりで、しかも丸腰で突進するなんて、あなたは馬鹿なんですかっ」

ともすれば震えそうになる声を鋭く放った遥の前で、鷹遠は頭を下げたまま、もう一度「申しわけありませんでした」と詫びる。

「ですが、夏目が人質に取ろうとしていたのは、子供でした。自力で逃げられるか、あるいは応援が来るまで無事でいられるかを考えたら、ほかに選択肢《し》がありませんでした」

「その子供を守るためなら自分が犠牲《ぎせい》になってもかまわないと思った、というわけですか？」

「いいえ。死ぬ気などまったくありませんでした。ですので、あの場で自分ができることをおこないました」

「何が、ですので、ですか。まったく理由になっていませんよ、鷹遠巡査部長！　自分の命を軽視する者に、市民の命が守れると思っているのですか？　今回はたまたま運がよかっただけで、最悪の場合はあなたもその子供も死んでいたかもしれないんですよ。あなたは周りにかけた迷惑を顧《かえり》みて、もっと真摯に反省すべきですっ」

申しわけありませんでした、と繰り返す鷹遠と遥のあいだで、幣原が小さく咳払《せきばら》いをする。

「署長。鷹遠も自分が何をしたのかを自覚し、猛省しているでしょうし、今日のところはそろそろもうこのへんで……」

幣原に促され、遥は「下がりなさい」と低く声を放った。

そのあとのことは、あまりよく覚えていない。一時間ほど残っていた定時までの時間をどうやって過ごしたかも、いつ退庁したのかも曖昧だ。気がつくと、官舎の浴室でシャワーに打たれていた。温《ぬる》い温度だったのに、目の周りがやけに熱い。

浴室を出て髪を乾かし、バスローブを纏ってリビングへ行く。カーテンが開けっ放しの窓の外は、もう真っ暗だ。雨が風に舞っていた。遥はカーテンを閉めて、ソファに身を沈めた。

熱がこもっているような顔を覆って、深く息をつく。

鷹遠が無事だとわかるまでのあいだ、死ぬほど心配して、遥は思い知った。

心臓が引き千切られるようなあの痛み――。鷹遠に対して抱く感情が何なのかわからず、ただふわふわ戸惑っていた頃なら引き返せたかもしれないが、もう今は駄目だ。どうしようもないくらい、自分は鷹遠を好きになっている。あの優しい声と甘い眼差しの消えた世界など、到底耐えられそうにない。

生まれて初めての恋が身代わりの恋だなんて、惨《みじ》めだ。心底、そう思う。けれども、仕方がない。自分には鷹遠と離れて生きる選択肢などないのだから。鷹遠を失うよりは、尚嗣の代わりとして愛されるほうがずっといい。

それでも、こんなふうに中途半端なままで苦しむのは嫌だった。どのみち離れられないのなら、鷹遠の口からはっきりと真実を聞いたうえで、そのそばにいる選択をしたい。

そう思うと、いても立ってもいられなくなった。クローゼットの中から適当に選んだスーツに着替え、財布をポケットに突っこんで玄関へ向かう。今晩、鷹遠はさすがにもう帰宅しているはずだ。帰っていなければ、帰宅するまで待っていればいい。

三和土《たたき》で靴《くつ》を履《は》いたとき、インターフォンが鳴った。誰だろうと思いながら、ついでなのでドアを開けて、遥は驚いた。そこにいたのが、鷹遠だったからだ。

「上がっていいか?」

鷹遠は、新しいスーツに着替えていた。

「……玄関のオートロック、どうやって通ったんだ?」

宅配業者と入れ違いに、と鷹遠は肩をすくめる。

「……何の、用だ？」

「謝ろうと思って」

「謝罪なら、もう聞いた」

言いながら、遥は靴を脱いで廊下に上がる。そのあとに鷹遠も続く。

「あれは署員として。これからするのは、恋人としての謝罪」

そんな言葉が聞こえた直後、背後から抱きしめられた。

「心配かけて、悪かった、遥。だけど、本当に死ぬつもりなんてなかったんだ。お前と聖大がいるから、俺は絶対に死なないと確信を持ってたんだ」

肩を強く抱かれて、息苦しかった。

わかるような、わからないような理屈に、遥はただ「馬鹿……」とだけ返す。

「ああ。悪かった。本当に悪かった」

骨が軋《きし》むほどの力で遥をかき抱いて、鷹遠はその腕を離した。

「だけど、お前、ちょっとぽやんとした優等生お坊ちゃまかと思ってたが、やっぱり尚嗣さんの弟だな。署長室で怒鳴られたとき、本気でおっかなかった」

尚嗣と自分が似ていることを喜んでいるような声音が、鼓膜に突き刺さる。

尚嗣の身代わりでもいいから愛されたいのは本心だけれども、辛い。自分は鷹遠だけを好きだから。鷹遠しか見ていないから。

「――こんなところで油を売っていいのか？」

遥はうつむいて唇を噛む。

「聖大が寂しがって、お前の帰りをずっと待ってるんじゃないのか？」

「さっき、一度、着替えに帰って、顔は見てきた。ハルカちゃんにママになってくれって頼みに行くから、もう一晩我慢してくれってちゃんと言ってきたぞ？」

嬉しくて、けれども胸が痛くて、思わず頬が泣き笑いのように歪んだ。

「……本当は、兄さんのことが好きなくせに」

堪《こら》えきれず、詰るように言ってしまった直後、鷹遠が大きく目を見開く。

「綸子さん、チーズは嫌いだったんだろう？　この前、兄さんに会ったときに聞いた」

鷹遠は数度またたいたあと、「遥」と声を強く響かせる。

「嘘をついたのは、悪かった。だけど、誤解するな。俺が好きなのは、お前だけだ。お前だけを愛してる」

遥の目をまっすぐに見据え、鷹遠は一言一言、はっきりと告げた。

「尚嗣さんのことを好きだった時期は、確かにある。だけど、中学の頃の話だし、思春期に年上の美人に憧れていただけで、本当に恋だったのかどうか、自分でも定かじゃない。尚嗣さんへの気持ちは単なる過去の思い出で、今はそういう意味では何とも思っていない。本当だ」

「……じゃあ、どうして、あんな嘘を……」

「お前が尚嗣さんの弟じゃなかったら、迷わず本当のことを言ってた。だけど、兄弟だと気にするんじゃないかと思ったんだ。変に気を回しすぎて、悪かった」

伸びてきた腕に、また肩を抱かれる。悪かった、すまなかった、と真摯な声音の囁きを何度も何度も繰り返されるうちに、眦がじわりと熱くなった。

「遥。頼むから許してくれ。俺も、お前が過去にどんな男とつき合っていようと、いちいち詮《せん》索《さく》したり、嫉妬したりしないから」

「……それじゃ、不公平だ」

遥は小さく洟《はな》を啜《すす》って言う。

「どうして？」

「……俺は、全部、お前が初めてなのに」

「え？」

「……俺も、お前に嘘をついてた。本当は、今まで誰ともつき合ったことがない。恋をしたこともないし、セックスをしたこともない」

恥ずかしくてうつむいたまま、あの夜の公園に行った本当の理由をぼそぼそと話し終わるとほぼ同時に、身体がふわりと宙に浮いた。

「ベッドはどこだ、遥」

横抱きに抱え上げた遥を、鷹遠が雄の眼差しで刺す。

気のせいではなく、腰のあたりに当たっているそれが、硬くなって熱を帯びていた。

「今すぐ、お前を抱きたい。今晩こそ、最後まで」


まるでガラス細工の壊れものでも扱っているかのようにそっとベッドの上に下ろされたあと、口づけられた。

「んっ、ふ……」

恋人と初めて唇を重ねられた瞬間の感触を喜ぶ暇もなく口腔《こうこう》にもぐりこんできた舌も、キスをしながら遥のネクタイとワイシャツのボタンを手際よく外してゆく手の動きも、先ほどまでとは違って優しくはなかった。決して乱暴ではないけれど、ひどく性急だった。口づけの角度を変えられるつど、かすかに漏れる鷹遠の吐息はとても熱くて、獣じみていた。

切羽詰まったふうな激しさに少し驚きつつも、その荒々しい情熱に遥も興奮した。最初はキスの応じ方がわからずに戸惑ったけれど、雄の勢いにだんだんと慣らされた本能に促されるまま遥は夢中で舌を絡ませ、吸い合った。

「遥……、遥……」

「ふ、ぁ……っ、ん、ん……っ」

キスの合間に自分の名を何度も熱っぽく呼ぶ男の指に、纏っていた服を奪われてゆく。両脚の靴下を一度に抜き取られ、下着一枚の格好にされたときにはその布地は高く盛り上がり、はっきりとわかるはしたない染みまでできていた。

「もう濡れてるんだな」

嬉しげに双眸を細めた鷹遠がまだスーツの上着しか脱いでいないぶん、遥は自分の格好に強い羞恥を覚えた。咄嗟に重ねた両手で、そこを覆い隠す。

「み、見る、な」

「どうして?」

恥ずかしい、と答えようとしたのに、そんな暇もなく手を引《ひ》き剝《は》がされてしまう。

「あっ。や、やめ……っ」

反射的に抗いはしたものの、そこに留めようと力んだ手は楽々と取り去られた。

それほどあからさまな体格差があるわけではないのに、まったく敵《かな》わない力強さを見せつけられて肌が火照った。

「今さら隠しても、意味はないだろう? 俺はもうお前のペニスを見てるし、形も色もしっかり覚えてるんだから」

甘い笑顔で卑猥なことを言った鷹遠は遥を仰《あお》向《む》けの格好にさせ、下着のウエストに指をひっかける。布がゆっくりとずり下ろされて陰毛の湿った茂《しげ》りをあばかれ、濃く色づいた昂《たか》ぶりが空気に晒《さら》された。遥のペニスは窮屈《きゅうくつ》な締めつけから解放されたことを悦ぶかのように根元から大きくしなると、ぴぃんときつく反り返った。

「綺麗なピンクだ。つやつやして、透き通ってる」

蜜《みつ》を纏わりつかせて濡れる亀頭の丸みを帯びた輪郭《りんかく》を、鷹遠がそろりとおしなぞる。

「――んっ」

与えられた直接的な愛撫に歓喜したペニスが身をくねらせて反りをきつくし、その反動で陰嚢がぷるぷると揺れ弾んだ。

「可愛いな、遥。小さい唇が潤《うる》んで、きらきら光ってるぞ」

亀頭のくびれをいじられながら耳もとで囁かれて、甘美な熱が腰に溜まる。勃起の先端の秘裂が震えてうねり、奥から蜜が溢れてくる。

「あっ、あ……っ」

「俺のペニスはただの猥褻物《わいせつぶつ》だが、お前のは芸術品だな、遥」

遥の足先から下着を抜き取った鷹遠が笑い、亀頭のふちをきつく押し揉んだ。

瞬間、脳髄を震わせる歓喜を感じた。あ、と思ったときには、もう遥のペニスは弾けていた。ぴゅっと飛んだ白濁が、まるで狙《ねら》ったかのように左の乳首に命中する。胸の尖りの表面を温い精液に覆われた感触に、腰が高く浮く。

「――は、ぁ……、ぁ……」

突然訪れた絶頂を、息をするのも忘れて受け止めたあと、遥は胸を大きく上下させて酸素を求めた。いつの間にそうなっていたのか、喘ぐ胸の上で赤く色づき、淫猥な形に膨れて尖り勃つ乳頭から白い粘液がぬるりと糸を引いて垂れ落ちてゆく。

「十代だったら、間違いなく鼻血を噴いてたエロさだ」

双眸に強い光を宿した鷹遠の指が胸もとへ伸びてきて、乳首をつまむ。

「あっ、ん」

白く濡れた肉芽が鷹遠の指の腹に挟まれてにゅるんとひしゃげると同時に甘美な衝撃が爪先《つまさき》へ走り、下腹部で萎えていたペニスがまた芯を灯した。

「つんつんに尖って硬いのに弾力があって、指にもっちり吸いついてくる」

乳首をこりこりと揉み転がされ、硬く突き出したその頂《いただ》きを爪の先で弾かれるつど、びくびくと感電したかのように跳ね躍るペニスが淫液《いんえき》を細く撒《ま》き散《ち》らす。

「んっ、く、ぅ……っ」

「ママになるのにふさわしい、実にいい乳首だな、遥」

頭上から、目眩を誘うあでやかな笑みがしたたってくる。

形のいい唇からこぼされた言葉が単なる冗談の睦言《むつごと》か本気の賞賛か判断に迷ったとき、持ち上げられた両脚を胸もとへ倒される。腰が高くつき上がってくるんと折り曲がり、陰嚢とペニスが逆さに垂れる。その拍子に、臀部の割れ目がぐっと左右に開いた。鷹遠の眼前で秘所が固定されてしまったことに狼狽《ろうばい》し、窄《すぼ》まりの表面がひくひくと波打ちはじめる。

「なあ、遥。お前の言葉を疑うわけじゃないが、もう一度、言ってくれ」

丸まった遥の背の向こうで胡座《あぐら》をかいた男の舌が、花襞《はなひだ》をぬるりと舐める。

「――っ、ひ、ぁ」

その舌がどれだけの快楽を与えてくれるか、遥の身体はもう覚え込んでしまっている。だから、まだ閉じている窪《くぼ》みの中央をそっとひと舐めされただけで、ペニスが空に突き出てものほしげにふりりふりりと上下に揺れた。

「こんなに敏感でも、この薔薇の蕾は俺だけのものなんだよな？　ここに触ったのも、入るのも、俺が初めてなんだよな？」

「……そう、だ。お前が初めて、だ……。お前、だけ、だ……」

上擦《うわず》った声で返した瞬間、硬く尖った舌が肉環を勢いよく穿ち、入り口の少し先にある官能の凝りをひと突きした。

「――ああっ！」

頭の芯に快感が深く響き、逆さになっているペニスが赤味を増して膨張する。熟《う》れた昂ぶりが右へ左へと淫らに揺れ躍り、透明な雫を垂らすさまがひどく恥ずかしかった。

どこへだかわからないが、思わず逃げたくなってくねった腰を強く摑まれる。

「遥、じっとしていてくれ。頼む」

甘い声音に羞恥心を溶かされ、抗うことをやめると、後孔のふちをぐるりとなぞられた。

「ふっ、ぁ……」

鷹遠の舌が、窄まりの中央へ下りていく。

きっとすぐに、熱くぬめる舌に肉の環をこじ開けられるたまらない感覚に襲われる。そう思い、目を瞑《つぶ》って備えたのに、その瞬間はやってこなかった。鷹遠のそれは窪みの表へ辿りつくとそこの皮膚を舐めるだけで引き返し、そしてまた中央へとすべってゆく。

なぜなのか、鷹遠はそんな動作を徐々に場所を移しながら繰り返した。

「う、う……っ。あ、あっ……、あっ」

後孔の周縁から中心へ舌がぬるりぬるりと何度も行き来する独特の感覚に、頭の中がかき回される。挿入のための準備とも思えず目的がわからない、だが深い快楽を伴う行為に翻弄《ほんろう》され、眦に涙を溜めてしばらく喘いでいると、鷹遠がようやく顔を上げて言った。

「俺の蕾は花びらが十八枚」

一瞬、意味を考え、その場所に刻まれた襞の数を数えられていたのだと理解して、遥は激しく赤面した。

「――なっ、何してるんだ、馬鹿っ」

「馬鹿とは心外だな」

鷹遠が笑って、片眉を高く撥ね上げる。

「二十九年も大切に守られてきた純潔の処女地を踏み荒らす前に、何も知らない蕾の可憐《かれん》な形を目に焼きつけていたのに」

「……今は、何も知らないわけじゃない」

上擦ってかすれる声を遥はこぼす。

「変態にもう三回も舐められた」

「嫌だったか?」

艶然《えんぜん》とした笑みを浮かべ、鷹遠は一旦、遥の脚を離して自分のネクタイを引き抜き、ワイシャツのボタンを外す。その下から逞しい筋肉があらわになる。

「俺はお前の薔薇の蕾を毎日でも舐めたいが、お前が嫌ならしないぞ?」

鋭く引き締まった上半身の雄々しい美しさに鼓動が速まるのを感じながら、遥は無言で視線を逸らす。一度目も二度目も驚きはしたものの、べつに嫌だとは思わなかった。だが、この流れでそう答えると「尻の孔を毎日舐めてほしい」と言っているようなものだ。そんな恥ずかしい返事は、口が裂けてもできない。

決して、毎日舐められたいわけではないけれど、舌の愛撫を二度と受けたくないわけでもない。考えれば考えるほど、遥はどう答えればいいかわからなくなった。

「馬鹿……」

そう小さく声を落とすことしかできなかった遥の脚を鷹遠が開き、「愛してる」と囁く。

優しい笑顔を向けられて、胸がぎゅっと熱くなる。尻の孔を「薔薇の蕾」に喩《たと》えて舐めたがる鷹遠は明らかにおかしな男だけれど、そんなことなどどうでもよくなるくらいにこの甘い笑顔と声が本当に好きだと遥は思った。

「……俺も愛してる」

見つめ合い、どちらからともなく唇を啄《ついば》み合《あ》う短い口づけを交わしたあと、鷹遠は遥の脚の間に顔を埋めて窪地の肉襞を突き刺した。

「あっ！　あ、ぁ、ぁ……」

体内へにゅるりともぐりこんできた舌はまず的確に捉えた遥の弱みをつつき転がしてから、内壁を掘り舐めた。

「ひぁっ。ああっ！」

鷹遠は遥の会陰部《えいんぶ》に顔を強く押し当て、速い速度で舌を出し入れした。強くえぐり擦られるつど、粘膜が歓喜の痙攣《けいれん》を起こし、送りこまれる唾液《だえき》で狭《せま》い肉洞も潤《うる》んでゆく。

「あっ、あっ……、く、ぅ……っ。ああっ！」

鷹遠の舌は隘路《あいろ》の中で器用に蠢《うごめ》き、ぬかるむ媚肉《びにく》を突き舐めた。自分でも戸惑うほどほろほろとやわらかく溶けていく内部を執拗にかき回され、高い声がひっきりなしに漏れる。いつしか、鷹遠の舌遣いに合わせて腰がはしたなくくねり揺れていた。溢れ出る淫液で濡れたペニスと陰嚢も一緒にぶらんぶらんと大きく回転し、その振動が肌に伝わって快感を増幅《ぞうふく》させた。

「あ、あ……、ふ、ぁ……、あぁんっ」

何もかもが、どうしようもなく気持ちよかった。淫猥な水音を響かせて、肉洞の中を激しく吸われるのも。あらぬ場所に顔をうずめて自分にむしゃぶりつく鷹遠の高い鼻梁《びりょう》で、浮き出る汗と飛び散る体液でしとどに湿った会陰部や陰嚢をぐりぐりと擦《こす》られるのも。

あとからあとから突き上がってくる強烈な快感に神経が灼《や》けついてしまいそうで、シーツをかきむしったとき、すべての刺激が消えてしまった。鷹遠が舌を抜いてしまったのだ。

反射的に抗議をしようとして、遥は目を瞠って固まる。

鷹遠がスラックスの前を開いて、ペニスを取り出していた。下着の中から引きずり出された赤黒いそれが、天を突いてそそり立つ。

ホテルで初めて見たときにも驚いたけれど、今晩はあの夜よりもさらに凶暴に猛《たけ》っている。反り返る怒張のまるで棍棒《こんぼう》のような丸々とした太さと長さに、遥は息を呑んだ。

「そろそろ挿れていいか、遥」

ごつごつとした太い血管が浮き出た幹の硬度を確かめるかのように、鷹遠はそれを根元から扱き上げた。その直後、先端から冗談のように大量の淫液がびゅっと溢れ出て、軽い目眩を誘われる。

舌とは到底比べものにならない太さと長さと重量感のある異物を体内に受け入れることへの本能的恐怖が働き、全身を満たしていた快感の熱を冷ましてしまう。本気で怯《おび》えたわけではないものの、弾力を失って頭を垂らしたペニスを見やり、鷹遠が淡く苦笑する。

「怖いのか、俺が」

「……お前が怖いんじゃない。お前のサイズがあんまりにも非常識だから、ちょっとびっくりしただけだ」

「非常識だと非難されるほどでかくはないぞ」

唇を綻《ほころ》ばせて、鷹遠は遥の脚の間に身を進ませる。

「なあ、遥。お前は初めてなんだから、大事に抱く。だけど、セックスは二年ぶりだし、人生を分かち合う家族になりたいと本気で思えるほど夢中になったのはお前が初めてなんだ。もし途中で理性が振り切れて暴走したら、許してくれ」

未知のものに対する緊張はどうしてもしてしまうし、この巨根が暴走するかもしれない可能性を示唆《しさ》されて少し不安にもなった。だが、拒みたいと思うような恐怖は何も感じなかった。こんなにも優しい男が「大事に抱く」と言ってくれたのだから。

「……ん」

浅く頷いて、遥は自ら脚を開いた。

「ゆっくり挿れる」

そう言った鷹遠に片脚を抱えられた直後、後孔に熱塊が押し当てられた。

「――あっ」

ぬるつく楔《くさび》が肉環をゆるやかに、けれども確実にぬぬぬっとこじ開ける。

散々舐められ、とろけきっていた入り口の肉を力強く押しつぶしながら、尖った先端が内部へぬるりともぐりこんでくる強烈な感覚に遥は悶絶《もんぜつ》した。

「あっ、あっ、あっ！　あああぁ……！」

太くて熱い杭《くい》に身体の内側を灼かれる圧迫感に、思わず身体が逃げを打つ。

腰がずり上がった反動で、粘膜《ねんまく》を擦るペニスの動きが逆方向に勢いをつけたが、それは抜けなかった。亀頭のふちがあまりにぶ厚く張り出していたせいで、ぬかるむ襞に絡まって引っかかり、とまってしまったのだ。その衝撃で内側から肉襞がぐぽっとめくり上がり、遥はたまらず空を蹴る。

「——ひっ、ぅ！」

「痛いのか、遥」

気遣う声に、遥は首を振る。

身体が勝手に本能的な反応をしてしまうだけで、心は鷹遠と繋がることを求めている。初めて恋をした男を受け入れるこの行為は熱くて苦しいけれど、少しも嫌ではない。

「いい、から……、挿れてくれ」

腰を揺すって求めると、鷹遠が挿入を再開した。

震えて収斂《しゅうれん》する媚肉を慎重な動きでずりっずりっとかき分けて侵入してくる怒張は、太い上に長い。まるで巨大な蛇のように、どこまでもどこまでもずるずると深部へもぐりこんでくる。

「あ、あ、あ……。なが、い……。たか、と……、長いっ」

「遥、遥……。あともうちょっとだから、我慢してくれ」

抱えた脚にあやすようなキスを散らし、鷹遠は腰を進めた。

「ふ、くぅ……っ、あ、あ……、あっ……、あぁん……」

そっと幾度《いくど》も押し当てられる唇の優しさが、身を焦《こ》がす圧迫感をとかしてくれた。

狭い肉筒の柔壁をぬりぬりと擦る逞しいものが根元まで埋まりきったときには、遥のペニスは再び膨れ上がり、先端から半透明の糸を細く垂らしていた。

「全部入ったぞ、遥」

セックスを知らない処女地への侵入は長大なペニスにとっても少し苦しかったのか、鷹遠の額には汗が浮かんでいた。

「ああ……」

「どうだった？　初めての挿入は」

最初に想像して怯えた痛みはないけれど、じんじんと熱くて苦しい。それから――。

「お前、大きい……。すごく……」

体内をみっしりと埋めつくす充溢感《じゅういつかん》。生まれて初めて恋をした男と繋がっている。ひとつになっている。長年、いつかしたいとずっと夢見てきた、愛する者同士のセックスを今、体験している。

そう実感した胸の奥から強い喜びが溢れ出てきて、遥は伸ばした腕で鷹遠にしがみつく。

「いい……。すごくいい……」

かすれる声で告げた瞬間、体内で男のペニスが大きく脈動した。

「──あっ!」

見えない場所での変化をはっきりと感じられるほどの勢いで膨張したものの切っ先で、奥深いところをごりっと突き上げられ、腰が浮く。

「な、何で……。また、大きく、なって……」

「自分で煽《あお》ったくせに、自覚がないのか?」

苦笑を浮かべ、鷹遠は猛り具合を誇示《こじ》するかのように腰をねっとりと回して、脈打つ漲《みなぎ》りを遥の粘膜に擦りつける。

「あっ、あっ、あ……!」

「なあ、遥。悪い。もうこれ以上、理性が持ちそうにない」

言いながら、鷹遠は腰を小刻みに前後させはじめる。

「た、たか、と……っ」

中をぐちぐちと捏《こ》ねられ、攪拌《かくはん》される。激しい律動の助走を思わせる、試し突きめいた浅い出し入れに、遥はたまらず鷹遠の背に爪を立てる。

「遥……。どこを引っかいても、噛んでもいい。だけど、お前が泣いても俺はもうとまれないから、その覚悟をしてくれ」

まっすぐに向けられた眼差しは、どこか獣《けもの》じみていた。怖くなかったと言えば嘘になる。だが、それ以上に鷹遠がセックスにまるで慣れていない自分のこの身体でこんなにも興奮していることが、遥はとても嬉しかった。

「……した」

鷹遠の背に回した腕にしっかりと力を込めたのと同時に、奥の肉をどすりと重くえぐり突かれた。

「あぁんっ！」

「一緒に気持ちよくなるのは、むしろこれからだぞ、遥」

双眸に宿る光を強くしたしなやかな獣が、容赦《ようしゃ》のない重い抽挿《ちゅうそう》を凄まじい速さで送りこんでくる。

「——あああ！」

ぬかるむ肉筒を深く掘りこまれ、硬くて太い亀頭のふちで粘膜をごりごりと擦られ、えぐられる。身体も視界も大きく揺れて、そのつど鷹遠のたっぷりとした陰嚢に臀部が打擲《ちょうちゃく》される。

鋭く尖った快感が次から次に背を駆け上がってきて理性を梳《くしけず》り、高く散る嬌声《きょうせい》がとまらなくなった。

「ああっ！　ああっ！　たかと……っ、いいっ！　あ、あ、あ……！　すご、いっ」

「……遥」

逞しい背にしがみついてその名を呼べば、甘くかすれた声が返され、腰遣いがさらに激しいものになる。愛おしい男の全身が自分を穿つために荒々しく躍動しているのを直に感じ、頭の中で幸福感と快感が混ざり合って膨れ上がってゆく。

「あ、あ、あ……。たか、とう……。たか、とう……っ」

好きな男と身体を繋げ、中を雄々しく突かれて征服されてゆく悦びに遥は酩酊《めいてい》した。密着する上半身の隙間で、淫液をはしたなく垂らすペニスが限界まで腫《は》れている。

「たかと……っ、もう、だめ……っ。いく、いく……っ」

「ああ、いけよ、遥」

あでやかな獣の笑みと共に、ひときわ苛烈《かれつ》な一撃を送られる。最奥《さいおう》を串刺しにするその深い突きこみで、遥は陥落《かんらく》した。膨らんだペニスが陰嚢ごとくねり躍り、白濁を散らした。

「──あああっ！」

遥が射精をしている最中も鷹遠は強靭《きょうじん》な腰遣いを収めてくれず、きつく収斂《しゅうれん》する肉筒を力強く侵《おか》し続《つづ》けた。

「あっ、あっ！　やぁ……っ。たか、と、今、動いたら……っ」

脳髄《のうずい》が焦げつきそうになる狂おしい刺激に狼狽え、逃げようとした腰を獣の手が強く押さえつけて、その突き上げをいっそう凄まじいものにする。

「ああんっ。や、ぁ……っ。あ、あ、あ……！」

雄のペニスにかき回される媚肉が爛《ただ》れてしまいそうだった。鷹遠に求められた「覚悟」が自分の想像を超えていたことに惑乱しつつ、遥は爪先をきつく丸めて悶絶《もんぜつ》した。吐精を終えたペニスもあまりに強烈な刺激に感電でもしたかのように、萎えたままの形でびゅくびゅくと撥ね躍っている。

「あ、あ……、あぁん！　鷹遠、鷹遠……っ。も、だめ……、だめに、なるっ」

快感があまりに大きすぎて涙が溢れ、遥は男の背に爪を立てて啜り啼いた。

「もう少しだ、遥。もうちょっと、我慢してくれ。俺も出すから」

唸《うな》るように告げた鷹遠の腰遣いが速くなり、ひと突きごとに雄の形を凶悪に膨張させる。

「あ、あ！　も……、はや、くっ……、はやくっ！」

内部をどすりどすりと突き上げてくるたびに太い幹は熱く滾《たぎ》って粘膜を灼き、その切っ先はぐぼぼっと伸び上がって奥の奥を掘りえぐる。眼前で火花を散らす尖りきった歓喜を一秒でも早くどうにかしてほしくて、遥は腰を夢中で振り立てた。

「――っ、遥っ」

肉の凶器を奥深くに重く突き立てて、鷹遠は射精した。音が聞こえてきそうなほど大量に噴き出した粘液が媚肉に当たって逆巻き、粘膜をとろかしてゆく。

「あ、あ、ぁ……。たか、とう……」

身体の中が熱いものでいっぱいになり、呼吸が乱れる。少し息苦しかったが、愛された証《あかし》をはっきりと感じられたことが嬉しくて、遥はまだ繋がったままの腰を鷹遠に押し当てた。すると、肩をきつく抱かれ、汗の滲《にじ》む顔中にキスを降らされた。

しばらくのあいだ無言で抱き合い、お互いの体温と鼓動を感じた。

「遥……」

優しい手つきで火照った頬を撫でられた拍子に、しらずしらずのうちに眦に溜まっていた涙が溢れた。肌の上をゆっくりと伝い落ちるそれを吸われ、「愛してる」と囁かれると、また涙がこぼれ落ちた。

「悪い。辛かったか？」

遥は小さく首を振って、「俺も」と告げる。その言葉を喜ぶように甘く笑んだ男のペニスが、また硬く漲った。しとどに濡れてぬかるむ肉筒の中でぐっと反り返った杭に内壁を叩かれて、遥はとろけた吐息を漏らす。

「あ、ん……」

「動いていいか？」

遥は吐息だけで頷きを返す。鷹遠の腰がゆるやかに動きはじめる。じゅっ、じゅっと肉が擦れて絡まり合い、粘膜に雄の精液が沁みこんでくる。その甘美な感覚にいざなわれ、遥の肌にも熱が灯る。やがて、鷹遠の動きは徐々に速くなっていった。結合部の隙間から泡立った白濁が細い糸となって四方へ飛び散るのを感じながら、遥は腰を躍らせた。

下半身に甘い疼きを感じて瞼を押し上げると、折り曲げられた脚のあいだに鷹遠が屈みこんで顔を上下させていた。

後孔の浅い部分で、何かがぬりぬりと蠢いている。――舐められているのだと理解したとたん、驚きと同時にゆるやかな悦楽のさざ波が広がって、遥は腰をよじった。

「気がついたか？」

いつの間にかワイシャツを脱いでいたらしい。スラックスだけをはいた格好の鷹遠が、起き上がって笑う。

「……何、してたんだ？」

答えは知っているけれど、とりあえず確認せずにはいられなかった。

「後始末をするだけのつもりだったが、世界一の薔薇の蕾の誘惑に負けたんだ」

風呂場とタオル、勝手に借りたぞ、と言われて、遥は肌に纏わりついていた体液の汚れがすべて清められていることに気づく。

「お前の蕾、俺が舌を入れたちょうどそこにいい場所があるだろう？　これって、すごいことだよな。ここまでぴったりだと、お互いがお互いのためにあつらえられたみたいで。そういう身体の相性的な意味でも、あの夜、お前と出会えた偶然は運命的な奇跡だな」

やけに感動的な口調に、遥は目をしばたたかせる。

「それに、実を言うと、最初はお前がどんな人間なのか摑みかねていたから、お前の丸ごとに惹かれたのは徐々にだったが、蕾のほうにはほとんど一目惚れだったんだ」

目が世界一綺麗。指が誰よりも美しい。たとえば恋人にそんなことを言われれば、大抵は男女問わずその褒め言葉を素直に嬉しく思うだろう。けれども、尻の孔に一目惚れをしたという告白を喜んでいいものか、遥は迷った。

そこをのぞかれたり、舐められたりするのは恥ずかしい。まだ当分、慣れることはできない気がするものの、突き詰めれば気持ちのいい行為ではあるので、その変わったフェティシズムが原因で鷹遠への恋心が冷めたりはしないと確信できるが、理解はしがたい。

「……鷹遠。お前、わりと本格的な変態なんだな」

「そうか？」

「そうだろ。普通は尻の孔を『薔薇の蕾』なんて形容しないし、舐めないだろ」

「そんなことはない。性風俗的に普通に通じる用語だし、『オーラルセックス』とか『口淫』とかっていうだろ？　皆が普通にしてるから、そういう言葉が存在するんだぞ」

鷹遠は真顔で言った。真面目な表情が却《かえ》って怪しかったが、遥はそれ以上、追及はしなかった。全身を満たす心地よい倦怠感《けんたいかん》のせいで、客観的にはきっと馬鹿馬鹿しいことこの上ないだろう問答を続けるのが何だか億劫《おっくう》になったのだ。

窓を覆うカーテンの外はまだ暗い。朝まで、鷹遠と隣り合って眠りたかった。

その思いが通じたかのように、隣に横たわった鷹遠がやわらかな眼差しを向けてくる。

「それより、身体、大丈夫か？　無茶させて悪かったな」

頭の中の記憶は、鷹遠の三度目の射精の途中で途切れている。意識を飛ばしてしまったのだから、与えられた快楽は自分の中の容量を大きく超えたものだったのだろうけれど、それを抗議しようとは少しも思わない。

「何度も死ぬかと思ったけど、嫌じゃなかった。……すごく気持ちよかった」

正直な気持ちを伝えると、鷹遠が嬉しげに破顔した。

「俺もだ、遥。お前の初めての男になれて、死ぬほど興奮した」

耳朶《じだ》を甘噛みされ、遥も嬉しくなってほころばせた唇を軽く啄まれる。

「なあ、遥。あの返事、今、ちゃんともらいたいんだが」

「返事？」

「聖大のママになってくれるか、どうか」

鷹遠が遥の手を取り、引き寄せたその指先にそっと口づける。

「愛してる、遥。お前の薔薇の蕾を散らした責任を取って、一生大事にする。だから、イエスと言ってくれ。俺を、お前の最初で最後の男にすると言ってくれ」

遥はゆっくりとまたたいてから、「言いたい」と小さく呟いた。

「……それは、でも嫌だってことか？」

甘かった眼差しにみるみる狼狽の色を広げて身を起こした鷹遠に、遥は「違う、そうじゃない」と笑う。

「俺はお前と聖大と三人で家族になりたい。本気でそう願ってる。だからこそ、聖大のママになるとは、今、ここでは言えない。俺たちだけでこういう大事なことを決めて、もし、あとで何か問題が起きたら、一番混乱するのは聖大だ。大人の都合で育つ環境が何度も変わるのは、可哀想《かわいそう》だ」

言葉を紡ぎながら、遥は鷹遠の指に自分のそれを搦める。

「……確かにそれはそうだが、美和さんはまだ三十七、八だろう？　少なくとも、あと数年は治療を続けることが可能だ。もうすっかりお前がママになってくれる気でいる聖大を、それまで焦らして待たせるのも可哀想だぞ」

「だから、兄さんに話そう。すぐにでも」

驚いたふうに眉を上げた鷹遠を見つめ、遥は言う。

「最初は俺も、お前の考えに賛成だった。だけど、俺はお前よりは、兄さんや両親が美和さんをどう扱っているかを知ってるから、思うんだ。聖大を……、綸子さんが産んだ子を引き取る選択はしないだろうって。もちろん、絶対にそうなると断言はできないが、俺は可能なら、正々堂々と聖大の親代わりになりたい」

「……俺との関係も打ち明けるつもりか？」

「ああ。兄さんにも、両親にもちゃんと話す」

躊躇わず、きっぱりと決意を示すと、手を強く握られた。大きくて温かな掌《てのひら》がとても心地よくて、遥は目を閉じた。

鷹遠と一緒に尚嗣にすべてを告白したのは、それから二日後の夜のことだ。

「遥と俺の関係を法的にどうするかはまだ決めていませんが、聖大は俺の籍に入れたいんです。必ず、大切に育てます。だから、許可をいただけませんか、尚嗣さん」

別れた妻が自分の子を産んでいただけでも驚くだろうに、いつの間にかゲイカップルになっていた実弟と元義弟がその子供を養子にしたいと申し出たのだ。当然ながら、尚嗣はずいぶんと混乱していた様子だった。

返事は少し待ってほしい、と困惑顔で帰っていった尚嗣から連絡が来たのはその週末の土曜で、鷹遠が住むビルのピアノバー「Heavenly Night」で三人で会った。

遥も尚嗣も土曜は公休日だが、鷹遠は勤務日だ。鷹遠の帰宅時間に合わせて、店の奥のテーブル席に集まった。顔を合わせてみると、皆、スーツだった。遥は少し緊張していたせいでスーツを選んだのだが、尚嗣は美和に仕事だと告げて出てきたらしい。

「先に結論から言うと、お前たちの提案に甘えさせてもらいたい」

よろしく頼む、と尚嗣は、向かいに並んで座る鷹遠と遥に頭を下げた。

「綸子と最後に会ったのは、美和と再婚する前だ。出張先で偶然に再会した、一度きりのことだが、きっと美和にはなかなか受け入れがたいことだろう」

尚嗣は離婚に応じた際、綸子の意思を尊重したつもりだったという。だから、未練があったようで、再会して一夜を過ごしたあとに復縁を申し出たが一蹴されてしまったそうだ。

六年前の出来事について尚嗣が口にしたのはそこまでだったが、美和との再婚はおそらく綸子を忘れるためのものだったのだろう。

「私は何も気づいてやれずに綸子と離婚をしたことを後悔しているが、だからと言って、今現在、美和と夫婦でいることを悔いているわけじゃない。かつて、一方的に婚約破棄をして美和を傷つけた負い目がある私には、彼女を誰よりも大切にしなければならない義務がある。父親としての責務はもちろんすべて果たすが、綸子の子はお前たちに託《たく》したい」

「尚嗣さんは、姉貴が離婚した本当の原因を知っているんですか？」

遥が抱いたものと同じ質問を、鷹遠が投げかける。

「ああ。綸子が亡くなったあと、彼女の友人からの手紙が届いて、そこに書かれてあった」

鷹遠が綸子の死をあえて時間が経ってから報せたことを知らなかったその友人は、尚嗣が葬儀に出席しなかったことに憤慨《ふんがい》したらしい。生前の綸子が尚嗣に隠していた気持ちと、だからせめて墓参りは定期的にしてやってほしい、と綴られていたという。

そうでしたか、と鷹遠はやわらかな表情になる。綸子の本当の気持ちが尚嗣に伝わっていたことを喜び、安堵しているふうだ。

「私は綸子のことを守りきることも信じきることもできなかった結果、どれだけしてもしたりない苦い後悔をする羽目になった。だから、私のその過《あやま》ちのせいで少なからず迷惑をかけたお前たちふたりには、私と彼女のぶんまで幸せになってほしいと思っている。それから、勝手な言い種だが、聖大もどうか幸せにしてやってほしい」

遥と鷹遠は、同時に「はい」と深く頷く。すると、尚嗣にしては珍しく、「さすがに息が合っているな」と冗談めいた笑みが返ってきた。

「それにしても、自由に生きろとは言ったが、正直、こんな生き方を示されるとは思いもしなかった」

遥に向けられた、聖大と同じ形の双眸がやわらかに細くなる。

「父さんたちにも話すのか？」

「ええ。聖大のことをいつ伝えるかは兄さんとも相談して考えますけど、俺たちのことだけはなるべく早くに。また縁談を持ってこられると困りますから」

「今度は、お前が勘当される番かもしれないな」

覚悟はしています、と遥は躊躇わずに応じる。

「どんな結果になっても、父さんと母さんに生んで育ててもらったことは一生感謝します。でも、俺は自分の人生を悔いのないように生きたいんです」

そうか、と穏やかに笑んだ尚嗣の手が伸びてきて、頭をくしゃりと撫でられる。歳が離れているぶん、遠く感じていた距離が、その手で縮められたような気がした。

それから三十分ほど他愛《たわい》のない話をして、店を出た。元々そのつもりでここを集合場所に選んだのだろう鷹遠が「聖大の顔を見ていきますか？」と問うと、尚嗣は静かに首を振った。

「美和が治療を続けているうちは、会えない。それが私なりのけじめだ」

そう答えた尚嗣と別れ、遥は鷹遠と並んでエレベーターに向かった。

「泊まっていくのは、無理だよな」

「ああ。あまり遅くならない時間に戻る」

「ママな嫁が官舎暮らしの署長だと、何かと不便だな」

冗談と本気のぼやきが半分ずつといったような口調に、遥は苦笑する。

「署長の任期が明けたら、退職するつもりだ。いつかは弁護士になろうと思ってるが、それまでは住みこみのママとして雇ってもらえるか？」

戯《たわむ》れに言ってみると、「俺の嫁と兼業なら」と甘い笑みが返ってくる。

鷹遠が開けてくれたエレベーターに乗りこみ、どちらからともなく手を繋いでキスをした。

「何もかもをめでたしめでたしにするのは難しいだろうが、尚嗣さんには認めてもらえたことだし、とりあえずこれで晴れて家族だな」

「……ああ、そうだな」

優しい声音で発せられた「家族」という言葉が、耳の奥でやわらかくこだまする。幸せな気分で頷いて、もう一度口づけを交わしたところで、エレベーターの扉が開く。

久しぶりに会う聖大は、飛びついて出迎えてくれた。鷹遠が聖大に「ハルカちゃんにママになってくれって頼みに行ってくる」と告げた日から、すでに一週間近くが経っている。そのあいだ、鷹遠は答えをはぐらかしていたというし、遥のほうも帰宅が遅くなる日が続いて一度も会いに来られなかった。焦らされた鬱憤晴らしのように遥にぴったりとくっついた聖大は、勤務を終えて帰る小田たちを鷹遠に促されて気もそぞろに見送ったあと、そわそわとした様子で矢継ぎ早に質問を投げてきた。

「ハルカちゃん、かえってきてくれたの？　ママになってくれるから？　やっぱり、おちんちんはにせものだったの？」

「本物だし、まだ帰ってきたわけじゃないんだ」

ごめんな、と遥はうっすらと紅潮するすべらかな頬に掌を当てる。

「だけど、春になったら帰ってくる。約束するから、それまで待っていてくれ」

「ほんとうにやくそくしてくれる？」

「ああ、本当だ」

「じゃあ、まってる」

くるくるとした巻き毛がはねかかる細い頤《おとがい》を、聖大はこっくりと引く。

「よし。いい子だ、聖大」

聖大の頭を撫でて、鷹遠が笑う。

「お前がいい子だから、遥はママになってくれるぞ。お前と遥と俺で、三人家族だ」

「ほんとう？　いつからかぞくになるの？　あしたから？」

頬の赤味を濃くして勢いこむ聖大に、遥は「今から」と答える。

「いまから！」

悲鳴のような高い声を上げて喜んだ聖大の鼻先を、鷹遠が「ただし」と指先で押す。

「いいか、聖大。よく聞けよ。遥がママなのは、俺たち三人だけの家族の秘密だ。誰にも言わないって約束できるか？」

「うん、できる」

「本当だな。もし約束を破ったら、遥は『つるのおんがえし』の鶴みたいにどこかへ飛んでいって、春になっても帰ってきてくれなくなるからな」

春近い山の向こうへ鶴が姿を消してしまう、あの悲しい物語の結末を思い出したのだろう。

聖大は、黒々とした目を潤ませて遥に抱きついた。

「ぼく、だれにもいわない！　ぜったいにいわないから、とんでいかないで！」

「お前が約束を守ってくれたら、どこにも飛んでいかないよ」

「よかった。じゃあ、いまからずっとずっと、ぼくのママでいてね」

純粋な喜びだけが詰まった、透き通るような笑顔を向けられ、愛おしさが強く深くこみ上げてくる。ぎゅっとしがみつく小さな身体を抱きしめ返したとき、聖大がふと何かに気づいた顔で遥を仰《あお》ぎみる。

「ねえ。ハルカちゃんとユキちゃんとぼくの三にんだけのときは、ハルカちゃんのこと、ママっていってていいの？」

返す言葉に窮《きゅう》し、遥はまたたく。役割的には、確かに自分は「ママ」だろう。そして、聖大が望むならそうなりたいと何度も考えてきた。けれども、それはあくまで気持ちの問題で、実際に「ママ」と呼ばれたいかどうかは、また別問題だ。

無邪気な問いかけへの答えに悩みながら、遥はとりあえず聖大を抱きしめる。腕の中の、たった今、家族になったばかりの愛おしくて小さな身体からは、幸せの匂いがした。

蜜《みつ》愛《あい》スウィートホーム

Mitsuai sweet Home

すんすんと洟《はな》をすすっていた音がやわらかに沈み、静かな寝息に代わった。

遥《はるか》は広げていた絵本から視線を移す。聖大《きよひろ》が眠ったのを確認して絵本を閉じ、添い寝をしていた身体を起こしたとき、小さな唇がかすかに動いた。

「ハルカちゃん……の……、うそ、つき……」

同じ布団の上で身じろいだせいで起こしてしまったのかと思ったけれど、聖大の瞼《まぶた》は閉じたままだ。寝言だったようだ。

「ごめんな、聖大」

もうすぐ春なのに、一緒に暮らせなくなってしまった。それを知り「ぼくはちゃんとやくそくまもったのに、ハルカちゃんのうそつき。おまわりさんなのにうそつき」としばらくのあいだ泣いていたせいで赤みが濃くなっている頬を、遥はそっと撫《な》でる。

絵本を棚に戻してキッチンへ行くと、明日の聖大の弁当に入れるハンバーグの下ごしらえをしていた鷹遠《たかとお》がボウルの中の挽肉を混ぜていた。二時間前に遥と一緒に帰宅してから家事に追われている鷹遠はスーツの上着を脱いだだけで、まだ着替えていない。

出勤前や帰宅後に時々見られるこのエプロンとネクタイ姿が、遥は好きだ。ネクタイにもエプロンにも特にフェティシズム的な興味はないはずなのに、何だかとても魅惑的に思え、いつまでもじっと眺めていたくなってしまう。

とは言え、今そうすることは叶《かな》わない。七階建て雑居ビルの最上階にあるこの鷹遠の家を訪れたときは日付が変わるぎりぎりまで共に過ごすことが多いが、明日は署の朝稽古《あさげいこ》に参加する。普段より起床時間が早くなるため、もう官舎へ戻らねばならない。

遥は小さく頭を振って、ウォールハンガーに掛けていたコートとスーツの上着を手に取る。

「帰るのか？」

臭《にお》い消しのナツメグと胡椒《こしょう》をボウルに入れて、鷹遠が問いかけてくる。

「ああ」

上着とコートを着て鷹遠のそばへ歩み寄り、遥はいつの間にかふたりきりの際の帰りの挨拶《あいさつ》となったキスをする。別れがたくなってしまうので、重ねるだけと決めている唇をすぐ離す。

「さすがに今晩は寝つきが悪かったみたいだな、あいつ」

「ああ。寝言でも嘘つきと責められた。……俺は聖大に相当嫌われたみたいだな」

「嫌ったりはしてないさ。仕方のないことだっていうのは、あいつなりにちゃんと理解してるだろうからな。ただ、がっかりして、少し拗《す》ねているだけだ」

リズミカルな音を響かせてハンバーグのタネを成形する鷹遠が、穏やかに笑う。

「また動物園へ連れて行ってやるといい。きっと機嫌が直るはずだ」

それで約束を反故《ほご》にした償《つぐな》いが少しはできるようにと願いながら、遥はうなずく。

「何もかも一気に上手《うま》くはいかないものだな……」

「ま、こういうことは焦《あせ》っても仕方ない。世間一般的とは言い難《がた》い家族を作ろうとしている俺たちの場合は、お前のお義父《とう》さんとお義母《かあ》さんを俺がうやむやにでもそう呼べるようになっただけで御《おん》の字だ」

年が改まった先月、遥は正月休みの最後の一日を利用して実家の櫻本家《さくらもとけ》に帰省する予定だった。兄夫婦の尚嗣《ひさつぐ》と美和《みわ》の帰省とはあえて日をずらし、鷹遠を伴《ともな》って。

遥の兄の尚嗣はかつて、親が決めた許嫁《いいなずけ》の美和がいたにもかかわらず、自らの意思で選んだ鷹遠の姉・綸子《くみこ》と結婚した。その結婚は尚嗣の将来を案じた綸子が身を引く形で終わってしまい、数年経《た》って尚嗣は元々の婚約者だった美和と再婚した。

もうすぐ三十八歳になる美和は今時古風な深窓の令嬢だった女性で、とても淑《しと》やかだ。その品格ゆえだろう。尚嗣や母親の話では綸子に対しても、綸子との婚姻中《こんいんちゅう》に家族として尚嗣が養育していた弟の鷹遠に対しても、一度も何の発言もしたことがないそうだ。

美和が明かさない胸中は誰にもわからない。けれども、何らかの感情を抱《いだ》いていることは想像に難くないし、何より美和は今、不妊《ふにん》治療中で心身へのストレスは禁物だ。

一方で、遥は次の縁談話が浮上する前に両親にカミングアウトし、人生のパートナーとして選んだ相手だと鷹遠を紹介したかった。そして、半年前に鷹遠と出会って初めて知った、綸子が離婚後に密《ひそ》かに生んだ尚嗣の子・聖大の存在もいつかは話さねばならない。

そのため、先に事情を打ち明けていた尚嗣を交えた三人の話し合いを何度か持ち、美和の日のないところで両親にまず鷹遠を会わせることにしたのだ。聖大のことは不妊治療の決着がつき、美和が落ち着いてから告げる手はずになっている。

だが、聖大をベビーシッター兼家政婦の小田《おだ》と市原《いちはら》に預け、会わせたい人を一緒に連れて行くから、と母親に連絡して鎌倉《かまくら》の実家へ向かおうとした矢先、帰省できなくなってしまった。管内で強盗傷害事件が発生したのだ。強行犯係の主任である鷹遠はもちろん、病院へ搬送《はんそう》された被害者の生命が危ぶまれる状態で強盗殺人事件に切り替わる可能性もあったため、遥も休みなど取っていられなくなった。

幸いにも被害者は一命を取り留め、被疑者は事件発生から五日目で逮捕《たいほ》できたが、その間に櫻本家でも大きな騒ぎがあった。美和の妊娠だ。

正月早々の強盗傷害事件はメディアでも大きく取り上げられたため、一段落着くまではと連絡を控《ひか》えられていたようだが、被疑者逮捕を知った尚嗣に電話で知らされた。事件のせいで宙ぶらりんになったままのカミングアウトへの助言つきで。

『父さんも母さんも、お前が女性と結婚を決めたつもりでいるようだから、なるべく早めに仕切り直して征臣《ゆきおみ》を引き合わせたほうがいい。すこぶる機嫌のいい今のうちが得策だ』

尚嗣からの電話があった日の夜、母親からも美和の妊娠を知らせる連絡があり、週末に父親と一緒に美和の様子を見に来るという。ちょうど鷹遠が休みを取りやすいタイミングだったことに背を押され、遥は美和に会った帰りの両親に官舎へ立ち寄ってもらい、鷹遠を紹介した。

――生涯のパートナーに決めた相手だ、と。

『どんなときも、何があっても、遥さんを必ず守ります。必ず幸せにします。だから、遥さんに私の家族となっていただくことをお許しください』

女性を引き合わされる心づもりだったはずの両親は遥と鷹遠の告白に言葉もなく目を見張り、さらにふたりの記憶に今なお留まっていたらしい「鷹遠征臣」の名前に顔色を失った。

すぐに理解は得られないだろうし、最悪の場合は絶縁されるかもしれない。そう覚悟して臨《のぞ》んだカミングアウトだ。けれども、両親の反応はそんな想像とは違った。

『尚嗣は、あなたたちのこと知ってるのね？　お正月に、あなたももう今年で三十なんだから、これからの生き方は自分で選ばせてやるべきだ、なんて突然言い出すから、何だかちょっとおかしいと思ってたのよね』

小さく息を落とした母親の口調は、責めるものではなかった。

鷹遠が臆《おく》することなく見せたまっすぐな真摯《しんし》さが届いたこともあっただろうし、尚嗣の一件の頃と比べて、両親がだいぶん年を取ったせいもあったかもしれない。そして何より、尚嗣が言っていた通り、長年待ち望んだ美和の妊娠という慶事への喜びが大きかったことも理由のひとつだろう。両親は終始、尚嗣が綸子との結婚を言い出した際のような激しい怒りや嘆《なげ》きを見せることはなかった。けれども、深い困惑が塗《ぬ》りこめられた眼差《まなざ》しは決して、遥のカミングアウトを受け入れるものではなかった。

鷹遠のことを詳《くわ》しく紹介する間もなく、両親はほんのわずかな滞在時間で帰って行った。頭を整理する時間がほしい、とだけ言い残して。修羅場《しゅらば》や愁嘆場《しゅうたんば》と化しはしなかった代わりに、カミングアウトを曖昧《あいまい》にされたままの落ち着かない日々が過ぎていったが、それから二週間ほどが経った頃、母親から電話があった。

とりとめのない世間話のあと、ついでのように尋ねてきた。

『そう言えば、お父さんが気にしていたけれど、あの方、お仕事は何をされているの？　不動産関係？　それから、おいくつ？』

そのとき、たまたま鷹遠の家にいたため、本人の希望もあり、電話を替わった。会話自体は短いものだったが、受け答えで鷹遠の人柄《ひとがら》が伝わったのだろう。それから両親は遥に連絡をしてくると時折、鷹遠の応答を求めるようになった。

階級は、賞罰歴《しょうばつれき》は。学歴は。職歴は。住所は。既往症は。宗教は。ギャンブル癖《へき》や離婚歴はないか。定年まで警察官を続けるつもりなのか。——そんな身上調査を一、二問ずつ小出しにして。最初はなぜ一度にまとめて訊《き》かないのか不思議だったが、回を重ねてふと気づいた。それが、戸惑っている両親なりのコミュニケーションの取り方らしいと。

電話がかかってきたとき、鷹遠が常に一緒にいるわけではない。だから、気がつくと両親は鷹遠と連絡先の交換をしていた。そして、鷹遠は遥の両親を「お義父さん」「お義母さん」と呼びだした。鷹遠にそう呼ばれても、両親は返事をはぐらかすことが多かった。遥が下北沢署《しもきたざわしょ》での任期を終えたら退職して鷹遠と一緒に暮らすこと、しばらく休んでから司法修習を受けて弁護士になるつもりだということを告げても、その選択を認める言葉はなかった。

それでも、両親と鷹遠との距離は少しずつ縮まっていると感じられた。最初はよそよそしく「彼」や「あの方」としか言わなかったのに、最近では鷹遠の名前をちゃんと口にするからだ。今月に入り、美和が双子《ふたご》を妊娠しているとわかると、目に見えて浮かれはじめた両親は鷹遠の「お義父さん」「お義母さん」の呼びかけにも応じるようになった。

尚嗣からの電話で、母親の胸の内を聞かされたのはちょうどその頃のことだ。

『どこかの誰かさんの代わりに、遥は反抗期らしい反抗期もなく、ずっと私たちのためにいい子でいてくれたんですもの。これからの人生は、あの子自身の意思で選ばせてあげないといけないのはわかってるのよ。でもねえ、お父さんも私も古い人間だもの。どうやって受け止めてあげればいいいか、答えがなかなか見つからなくて……』

美和の様子を見に行った際、母親は尚嗣への多少の皮肉もこめてそう言ったらしい。

遥と鷹遠には今も相変わらず、母親からも父親からもはっきりした言葉は何もない。だが、「美和さんが無事に赤ちゃんを産むまでは、何が何でも秘密にしてちょうだいね」や「尚嗣もあなたも、肝心《かんじん》なことは勝手に決めて事後報告だもの。名字だけは黙って変えたりしないでね」などと求められるなど、いつしかうやむやに認められたかたちになっていた。

勘当《かんどう》されることも覚悟していたぶん、それでも十分に幸せだった。退職の意向はすでに本庁に伝えてある。来月末まで下北沢署の署長《しょちょう》を勤め上げ、退職したあとはもっと幸せになる予定だった。なのに、警部以上の幹部級を対象にした第一次の人事異動の発表を数日後に控《ひか》えた今日、本庁へ呼ばれ、任期の一年延長を打診された。後任に内定していた人物が、急な病で休職したためだ。

春になったら一緒に暮らそうと交わした聖大との約束を守れなくなることは辛《つら》い。だが、ほかのめぼしい人物にはすでに内示が出ており、今からでは適任者の選考が難しい内情を明かされてもなお、自分だけの幸せのために意思を押し通すほど無責任にはなれなかったのだ。

「気をつけて帰れよ、遥」

「ああ」

鷹遠の家を出て、前の通りでタクシーを拾う。途中でふと思い立ち、遥は管内にある小さな神社へ行き先を変えた。つい先日出席した、商店街振興《しんこう》組合の会合での雑談で知ったが、終日参拝が可能なその神社の主祭神は縁結びと安産の女神だ。

タクシーを降りて鳥居をくぐり、ライトアップされた境内《けいだい》に入ると、静謐《せいひつ》な香りが鼻腔《びこう》をくすぐった。手水舎《ちょうずや》の脇で、梅が濃い緋色《ひいろ》の花を満開に咲かせている。

遥は拝殿に参拝し、無人の授与所に立ち寄った。頒布台《はんぷだい》の中央に置かれている志納箱《しのうばこ》に千円札を入れ、安産のお守りを手に取る。

美和の宿す命がどちらも無事に生まれてくるように。これ以上のアクシデントは起こらないように。そんな祈りを胸に、遥は静かな夜道を官舎に向かって歩いた。

「ちゅうい。バクのおしっこは五メールとびます。かかったらたいへんです……！」

マレーバク舎《しゃ》前の柵《さく》の低い場所に取りつけられていた子供向けの看板を読み上げた聖大が、目を丸くして遥と鷹遠を仰《あお》ぎ見《み》る。

「すごい！　バクのおしっこ、五メートルだって！　ぼく、そんなにとばせない。ユキちゃんとハルカちゃんは？」

遥は鷹遠と顔を見合わせ、「俺たちも飛ばせないな」と苦笑をもらす。

「へえ。じゃあ、バクはすごくすごいね！　五メートルだもん」

声を高くする聖大と一緒にマレーバクの珍技を褒《ほ》め讃《たた》えながら、間違っても「五メートル飛ばし」の練習をしたりしないように言い含めて隣のカナダヤマアラシ舎へ移る。右手を遥と、左手を鷹遠と繋《つな》ぐ聖大は今にもスキップを始めそうな浮かれた足取りだ。

足を踏み出すつど、やわらかに波打つ毛先が細い顎先《あごさき》でくるんくるんと揺れる。

「だいぶん機嫌がいいな。最近はお前の帰り際にぐずることもなくなったし、嘘つきおまわりさんのことはもうすっかり忘れてるんじゃないか？」

小声で甘く笑った鷹遠に、遥は「だといいが」と微苦笑する。

嘘つきおまわりさん、になってしまってから、ひと月半。遥は罪滅《つみほろ》ぼしとして可能な限りの時間を聖大と過ごすようになった。三十分でも一時間でも顔を出せるなら、必ず鷹遠家を訪れている。

幼稚園が春休みに入ってからは水族館と動物園へ一度ずつ連れて行ったが、そのどちらにもなかなか休みが取れない鷹遠は来られなかった。だから、今日の聖大のはしゃぎっぷりは嘘つきおまわりさん問題云々《うんぬん》よりも、三人一緒に出かけられたことへの喜びのほうが大きいような気がしなくもない。

「ヤマアラシのあかちゃん、タワシみたいだね。かわいいね」

ちょこちょこした足取りで両親のあとをついて回る赤ちゃんヤマアラシの姿を、聖大の気がすむまで見物した。それから、子だくさんのカピバラ一家や、立派な身体でごろごろだらけ合うライオンの夫婦、鼻の使い方を母親ゾウから教わっている子ゾウなどを見た。

今日は春休み最後の日曜日で、外出するにはちょうどいい陽気だ。それに、「ハシビロコウがどれだけうごかないかしらべたい」という聖大のリクエストを受けて先週行った動物園と比べ、こちらは公開されている幼獣《ようじゅう》が多い。そのためか、園内はとても混雑している。

人混みを縫って今日の観察のメインであるホワイトタイガーの親子がいる獣舎を目指していた途中で、聖大が空腹を訴《うった》えた。この動物園は飲食物の持ち込みが禁止だったため、鷹遠の手製弁当はない。園内のレストランで早めの昼食をとることにした。

食事を終えてレストランを出る間際、聖大が併設《へいせつ》されている売店をのぞきこみ「ねえ、ねえ」

と甘えた目を向けてきた。

「きょうはおようふくがおそろいじゃないから、みんなでいっしょにあれをつけようよ」

聖大が指さした先にあったのは、ホワイトタイガーの耳を模《も》したカチューシャだった。

驚いて目を見張った遥の横で、鷹遠が苦笑いで首を振る。

「お前はいいが、俺たちは駄目だ」

「どうして？」

「可愛《かわい》くないからだ。いいか、聖大。あれはカチューシャと言って、子供と女の人しかつけることを許されていないものだ。俺たちみたいな大人の男がつけたら、公然不気味罪で逮捕されるんだぞ」

「こーぜんぶきみざいってなに？」

「知らない人たちに気持ちの悪いものを見せて、おえっとさせることだ」

三十路《みそじ》を目前にした大の男に似合うはずもないカチューシャを、断固避けたいらしい。

重々しい口調ででたらめを告げた鷹遠の脇腹を、遥は肘《ひじ》で軽く突く。

「嘘を教えるな、馬鹿。いいじゃないか、せっかくの皆一緒の動物園なんだから」

罪滅ぼしの鷹遠家通いを始めた最初の数日、聖大は時間切れで官舎へ戻る遥に「帰らないで」としがみついてきた。けれども、しばらくすると態度は元に戻った。

あんなに楽しみにしてくれていた約束を破ってしまったことを、聖大は許してくれたのかもしれない。だが、たった五歳の子のその聞き分けのよさが、胸に痛かった。

だから、叶えられる願いは何でも叶えてやりたい。鷹遠と自分が公衆の面前でお揃《そろ》いのトラ耳カチューシャを装着すれば、犯罪にはならないにしても、その姿は確かに不気味だろう。だが、この際そんなことはどうでもいい。大切なのは、聖大の気持ちなのだ。

遥は売店でホワイトタイガーのカチューシャを三つ買い、ひとつを聖大に渡す。

「ありがとう、ハルカちゃん！」

満面の笑みを浮かべた聖大がカチューシャをつける。くるくるの巻き毛からぴょこんと飛び出る白地と黒い縞模様のトラ耳。完全無欠の愛くるしさに思わず双眸《そうぼう》が細くなる。遥は自分もカチューシャをつけ、残りのひとつを署長の顔をして鷹遠に差し出す。

「鷹遠巡査《じゅんさ》部長、あなたもつけなさい」

「……了解、署長」

鷹遠は観念した面持《おもも》ちで、トラ耳カチューシャを癖の強い黒髪の中へ無造作に埋《う》める。

想像したよりも違和感のない姿だ。

「ユキちゃん、きもちわるくないよ！　ぜんぜんおえっとならないもん」

「……そうか。ありがとよ」

鷹遠は小さく笑ってから、遥をちらりと見やった。その視線がおかしなふうに泳ぐ。何やらもの言いたげだったが、鷹遠が口にしたのは「じゃあ、トラを見に行くか」だけだった。

「うん、いこう！」

万歳をするような格好で聖大が答える。売店から外へ出ると、鷹遠は聖大を肩車した。頭のてっぺんのトラ耳を聖大で隠す作戦らしい。

目線が高くなったことが嬉しくてはしゃぐ聖大に対し、鷹遠は口数が少ない。気恥ずかしさで決まりが悪いのか、あるいは遥のカチューシャ姿がまるで似合っておらず引いてしまっているのか。どちらにせよ、鷹遠は内心では想定外のコスプレを少々不満に感じているようだ。

自分を見る鷹遠の目に動揺めいたものを感じたぶん、遥もちらちらと刺さる通行人の視線がまったく気にならないと言えば嘘になるが、聖大が喜んでいるので満足だ。

都内で飼育されているのはここだけだというホワイトタイガーの親子の人気は高いと聞いて、長蛇《ちょうだ》の列を予想していた。けれども、ちょうど昼時だからか、意外にもガラス張りの獣舎前にいる人影はまばらだった。ほかの客の邪魔にはならないと判断したようで、鷹遠は聖大を肩車したままでホワイトタイガーを見物しはじめる。

ゆったりと寝そべる母親の周りで、四頭の子供たちがじゃれ合っていた。

「ねえ、ユキちゃん。ホワイトタイガーのあかちゃんってもこもこしたネコみたいだね」

「トラやライオンは猫の仲間だからな。ま、大きい猫だと思え」

「あのホワイトタイガー、おおきいネコなの？　ほんとう？」

「ああ。猫と同じ肉食で、爪が引っ込んだり、木に登ったりするからな」

「じゃあ、しろとくろのしましまもようのネコにごはんをたくさんあげてすごくおおきくしたら、ホワイトタイガーになるの？」

突拍子もない、けれども子供らしくてとても可愛らしい質問に、鷹遠が笑う。

「それはならない。猫は大きくなっても猫のままだ」

そんなほのぼのとした会話を交わすふたりの肩車ショットを写真に収めたくなる。

ジーンズのポケットから取り出したスマートフォンが、ふいに手の中で鳴り出す。画面には尚嗣の名前が表示されている。遥は少し離れた場所で電話に出る。

『ずいぶん賑《にぎ》やかそうな場所にいるな』

「ええ。皆で動物園に来てるんです」

動物園か、と懐かしむ声でやわらかに笑んだ尚嗣は、昨日、美和がひどい胸焼けをおこして病院へ行ったことを告げた。美和は医学的には高齢での初産になり、出産適齢期《てきれいき》の妊婦よりもリスクが増えるそうなので、一瞬首筋がひやりとする。

「――大丈夫だったんですか、お義姉《ねえ》さん」

『ああ。ただの食べ過ぎだった。この前、お前がくれたお守りのおかげで、美和も子供も今のところ順調だ』

ほっとした遥に、尚嗣は昨日の検査で思いがけず双子の性別がわかったと話す。どちらも男の子だという。知らせを聞いて駆けつけた鎌倉の両親は、エコー写真を眺《なが》めて際限なく目尻《めじり》をゆるませていたそうだ。

『父さんも母さんも今まで見たことがないくらい機嫌がいい。だから、警察庁を辞めたら征臣の籍《せき》に入りたいとか、ふたりが渋りそうな話があれば、近いうちに切り出してみるといい』

約束通り、自分と鷹遠のことに何かと親身になってくれる尚嗣に、遥は「ありがとうございます」と礼を言う。

「でも、俺たちの籍のことを決めるのはまだだいぶん先になりそうですし、今、俺と鷹遠が望んでいるのは赤ちゃんが無事に生まれることと聖大の幸せです。……いつかすべてを話したとき、お義姉さんに聖大が嫌われなければいいんですが」

『疚《やま》しい関係で聖大が生まれたのではないことは、美和が納得するまで説明する。それが私の義務だからな。納得さえしてくれれば、美和は聖大の存在を拒《こば》んだりはしないはずだ』

美和は穏やかで思いやりのある女性だ。その品性は疑うべくもないけれど、美和は尚嗣を深く深く何よりも愛している。

綸子が尚嗣の子を密《ひそ》かに産んでいたと知ったとき、美和の中で尚嗣への愛と理性とがどんなふうにせめぎ合うのか、一抹《いちまつ》の不安を覚えつつ、短い会話を交わして電話を切る。

美和と聖大の問題は、自分と鷹遠の関係がうやむやのうちに両親に認められたように上手くはいかないだろう。小さく息を落としたとき、鷹遠がその広い肩から聖大を下ろし、手を引いて寄ってくる。

「遥、どうした？　署からか？」

「いや、兄さんだ。赤ちゃん、どっちも男の子だそうだ」

「男の子か。お義父さんとお義母さんが大喜びしそうだな」

「ああ。もう早速、エコー写真にめろめろらしい」

「だれかにあかちゃんうまれたの？」

仰のいて尋ねてきた聖大に、遥は「秋になったら生まれるんだ」と答える。

「たのしみだね、あかちゃん」

無邪気に笑った聖大のやわらかな癖毛を、春風がふわりと揺らす。舞う春風にくすぐられて丸みを帯びた頰が薔薇色《ばらいろ》に輝き、頭の上のトラ耳が陽光をきらきらと反射する。

まるで春の精のような無垢《むく》な姿に愛《いと》おしさを強く刺激され、遥は「おいで、聖大。写真を撮《と》ろう」とその小さな身体を抱き上げた。聖大はこのところ鷹遠の抱っこを「ぼく、もうあかちゃんじゃないもん」と嫌がる傾向にあるが、なぜか遥の手は拒まない。今も聖大は嬉しげに笑んで、ぴたりと身を寄せてくる。

「鷹遠、撮ってくれ」

「ハイハイ、署長」

おどけて応じた鷹遠の指示で、ホワイトタイガーの子供が一緒に写る場所へ移る。

「ねえ、ハルカちゃん。いっしょにくらせなくても、ハルカちゃんはぼくのママだよね？」

誰かに「ママ」という言葉を聞かれてしまわないための気遣《きづか》いなのだろう。聖大は遥の耳もとに顔を寄せてこっそりと囁《ささや》く。とても可愛らしい仕草だ。「ああ、そうだ」と微笑《ほほえ》んで返した声に、鷹遠の持つスマートフォンのシャッター音が重なる。

「じゃあ、こうじをしておんなのひとになって、あかちゃんうんで」

「……え？」

「ぼく、おとうとがほしい」

どうやら、園内でたくさん見た幼獣や今の会話によって、兄弟を持ちたいという願望が芽生えたらしい。大きな目に純真な期待を込めて聖大が言う。

透き通った光を宿す眼差しをまっすぐに向けられ、遥はぽかんと固まった。


「なあ、鷹遠。やっぱり、聖大は俺が弟を産めなくてがっかりしてるよな……」

酒のつまみの生ハムを食べる鷹遠の向かいで、遥は空《から》になったビールグラスを指先で弾《はじ》く。

胸の中に溜まる靄《もや》を言葉にすると、昼下がりの動物園で、男は「工事」をしても赤ちゃんを産めるようにはなれないのだと教えたときの聖大のしょんぼりとした顔が眼前に浮かぶ。

聖大は遥の説明に「そうなの」と納得を示し、再び「おとうとがほしい」と口にすることはなかった。けれども、動物園にいるあいだも、帰宅して夕食と風呂をすませ、先ほど布団に入

?!
どうぶ
園内マップ

るまでのあいだもずっと、少し元気がないように見えた。

どうしようもないこととは言え、聖大の願いを叶えてやれない自分の無力さにため息が大きく落ちる。いつもなら、聖大を寝かしつけて官舎へ戻る時間が来るまでの鷹遠とふたりきりの大人タイムには気持ちが高揚《こうよう》するけれど、今晩は胸が重い。

一杯だけ飲んだビールも、何だかやけにほろ苦く感じた。

「このまま嫌われ街道まっしぐらな気がしてきた」

「それはない。どっちかと言うと、あいつはマザコン一直線だぞ？　俺の抱っこはあからさまに拒否るのに、お前にはべったりだしな」

「だけど、こうがっかりさせてばかりじゃ、俺への好意の貯金が尽きるんじゃないのか？」

「任期が延びたのも弟が産めないのも、お前のせいじゃないんだから気に病むなと言いたいところだが、どうしても気になるんなら、しょげた気分が吹き飛ぶくらい喜ばせてやればいい」

テーブルの向こうから身を乗り出してきた鷹遠には、何か策があるふうだ。

「どうやって？」

問うと、鷹遠はふっと笑って立ち上がった。そして、どうしてなのだろう。リビングスペースのチェストの上から動物園で買ったカチューシャを持ってくる。

「教える代わりに、これをつけたお前を舐《な》めさせてくれ」

鷹遠が「舐めたい」と言う場所は一ヵ所だけだ。いちいち「どこを？」と聞いて確かめる必要もない。だが、その行為になぜカチューシャが必要なのか、こちらは理解不能だ。

「何でそんなものがいるんだ？」

「萌えるから」

「燃える？　何が？」

ますます意味がわからず、遥は首を傾《かし》げる。

「たぶん、俺とお前じゃ『もえる』の漢字が違うだろうが、要するにお前がそれをつけていると興奮するんだ」

言いながら遥の頭にカチューシャをつけた鷹遠の目には、奇妙な光が宿っていた。

「……興奮？」

「ああ。署ではいかにもな澄ましたエリート顔で二五〇人の署員を統括《とうかつ》するキャリア署長の、トラ耳コスプレだ。興奮しないほうが無理だろう」

告げる唇に湛える笑みを妖《あや》しいものにして、鷹遠は遥を椅子から立たせた。

長い指がジーンズのボタンを外し、ファスナーを開ける。

「お前の想定外の色気が目に毒で、昼間はむらむらするのを抑えるのに苦労した」

動物園で鷹遠の目が泳いでいた本当の理由を知って湧《わ》いた小さな驚きが、下着の上からペニスの輪郭《りんかく》をなぞられて生じた快感に溶かされる。

「……そんな、いかがわしい目で、俺を見てたのか？」

咎《とが》めようとした声が甘くかすれてしまう。

「勤務中や聖大の前では隠してるだけで、俺はいつもお前をいかがわしい目でしか見ていない」

妙に自慢げな宣言に「馬鹿」と笑うと、下着を下ろされる。

とっくに成人した男としては少しコンプレックスを感じることもある色の薄い性器と、その根元に淡く茂る叢《くさむら》。暴かれた恥ずかしい場所に、雄《おす》の視線が深く絡みつく。

肌の上をねっとりと這《は》うその眼差しだけで、身体も心も火照《ほて》ってしまう。色味を濃くして膨《ふく》らんだペニスが中途半端な角度で勃《た》ち上《あ》がり、愛撫《あいぶ》を誘うようにゆらりと揺れた。

「トラ耳コスプレ署長の薔薇色ペニスだと思うと、いやらしさが倍増だな」

嬉々としてそこへ伸ばされた手を、遥は押しやって阻《はば》む。

「触る前に教えろ。何をして聖大を喜ばせればいいんだ？」

「子犬か子猫だ」

鷹遠は答えると、裏筋をすっと擦《こす》って根元で実る陰嚢《いんのう》を握った。指と掌《てのひら》で強めに押され、まだやわらかい皮膚《ひふ》がぐにゅりとゆがむ。これは自分のものだと主張されているような雄々しい手つきに劣情《れつじょう》を煽《あお》られ、半勃ちのペニスがさらに硬さを増して角度を上げる。

「は、ぁ……っ」

年度末と年度初めの忙しさで、ここひと月ほどの接触はキスどまりだった。そのせいか、自覚していたよりもずっと深く、身体はこの手を待ちわびていたらしい。

ほんの少しいじられただけなのに、みるみる硬く膨張《ぼうちょう》したペニスの先端で秘裂がぞろぞろと卑猥《ひわい》に波打って、透明な蜜《みつ》をにじませた。

「……ペットを、贈れば、いいのか？」

「そういうことだ。あいつは本気で弟を欲しがっているというより、自分より小さいものの世話を焼いて、『ぼく、おにいちゃん』な顔をしたいだけだろうからな」

言いながら、鷹遠は遥の前で膝を折る。なまめかしい美貌《びぼう》が淫靡《いんび》に痙攣《けいれん》する勃起《ぼっき》に近づいた次の瞬間、鈴口《すずぐち》で盛り上がる淫液《いんえき》を舐めとられた。

「――ふっ、くぅ……っ」

小さな孔《あな》の表面を肉厚の舌でにゅるりと擦られた甘美な衝撃に、腰が大きく跳ね上がる。

「動物の嫌がることをしない分別もちゃんとついてきたし、そろそろあいつのために犬か猫を飼うつもりだったんだ。お前が選んで、贈ってやってくれ」

「あ、あ……。わかった」

「じゃ、そういうことで今から完全に大人タイムだ」

こちらを見上げ、ひどく官能的な笑みを浮かべた鷹遠の両手に臀部《でんぶ》を揉みしだかれたかと思うと、身体を裏返しにされた。

ちょうど鷹遠の顔の前に突き出す格好になってしまった双丘《そうきゅう》が鷲掴《わしづか》みにされ、左右に開かれる。後孔《こうこう》の周縁に深く食いこむ指に圧《あっ》せられて、肉環のふちが捲《めく》れ上《あ》がった。明るい照明の下で無慈悲《むじひ》に晒《さら》された内側の粘膜《ねんまく》をじっと見つめる雄の目を、遥ははっきりと感じた。

「一ヵ月ぶりだな。麗《うるわ》しの薔薇の蕾《つぼみ》、元気だったか？」

遥に訊いているのか、それとも鷹遠の目には何やら麗しい生物に映《うつ》っているらしいその場所へ直接語りかけているのか判然としない声音は軽やかだった。なのに、腰のあたりに妙に重く響いて、遥の下半身を疼《うず》かせた。

この先の悦楽への期待を抱き、遥はテーブルに手をつく。

「しばらくぶりでも、澄んだ色と瑞々《みずみず》しさは相変わらず世界一だな。惚《ほ》れ惚《ぼ》れする」

うっとりと言った鷹遠が、捲れた肉環のふちを撫でる。

そこを観察されるのは嫌ではない。けれど、何度経験しても、恥ずかしさが拭《ぬぐ》えない。広げられた孔の中へじっくりと視線をそそがれている状況に、身体が熱を孕《はら》む。

張り詰めたペニスの幹が、はしたなくあふれ出てくる淫液で濡れはじめている。陰嚢も小刻みに皮膚を収縮させ、淫《みだ》らな踊りでも披露《ひろう》するかのようにひくついている。

「あっ、あ……。も……っ、鷹遠っ」

ただ見られているだけよりは、舐めるなり、指を挿《い》れるなりされたほうがまだましだ。

遥は振り立てた腰を鷹遠の顔に押し当て、割れ目で挟《はさ》むようにして上下に動かした。高い鼻で会陰部《えいんぶ》が擦れてえぐれ、時折尖《とが》った鼻先が肉環に刺さる。

「ふ、あ、ぁ……」

――気持ちがいい。

咄嗟《とっさ》の行動が生んだ思いがけない快感に、遥は陶然と眉根《まゆね》を寄せる。

「ん、あ……っ。あ、あ、あ……」

明日は朝稽古に出る。稽古がある日の前日は、たとえ時間の余裕があったとしても鷹遠は最後まではしない。今晩もきっとそうだろう。

決して口には出せないが、それを少し不満に思う気持ちと、久しぶりの濃密な行為への興奮が重なって愉悦《ゆえつ》の波を大きくする。直接的な刺激を誘うための計算で仕掛けたはずが、遥はいつしか夢中になって腰を振り、恥ずかしい場所を鷹遠の顔に擦りつけていた。

「あ、はっ……。ふ、ぅ……っ」

息を弾ませ、次々とこみ上げてくる甘い感覚に眦《まなじり》を潤《うる》ませていたとき、ふいに前方へ回ってきた手に膨張したペニスをぎゅっと握られた。鷹遠の手の中で爛熟《らんじゅく》した果実がつぶれるように濡れたペニスがひしゃげ、びゅびゅっと淫液が飛び散る。

「あっ」

強烈な電流が背を駆け抜け、遥は身をくねらせる。

「コスプレ美人署長の麗しの花園で窒息死《ちっそくし》したら天国に行けそうだが、俺はまだ昇天する気はないぞ、遥」

揶揄《からか》う声音で遥は正気づく。鷹遠の呼吸を阻むほどに自慰《じい》めいた行為に没頭《ぼっとう》して腰を振ってしまっていた自分の痴態《ちたい》への後悔と羞恥心《しゅうちしん》で、息が詰まりそうになる。

背後の鷹遠には、火を噴きそうに赤くなった顔が見えないことがせめてもの救いだ。

「……コスプレなんて、して……ないだろ。ただ、単に、カチューシャを――あぁっ！」

切れ切れに紡《つむ》ごうとした言葉は最後まで続かなかった。ペニスを握る鷹遠の指が蜜をこぼして蠢《うごめ》く秘唇を擦りはじめると同時に、後孔の表面を舐められたからだ。

「ふ、ぁ……、あ！」

熱くぬめる舌が蕾の周りをぐるりと這《は》ってから、肉環を突いた。勢いよく襞《ひだ》をえぐったそれが体内へずぶずぶともぐり込んでくる感覚がたまらず、遥はテーブルの上に爪を立てた。

「はっ、あ……っ」

自分ですら見たことのない場所の肉を侵《おか》され、舐め啜《すす》られて、腰骨が溶けそうになる快感が身体の中を駆け巡《めぐ》るけれど、ここでは声を響かせることはできない。

その代わりのように射精欲が高まり、ペニスが激しくくねり躍《おど》った。なのに、孔をいじって蓋《ふた》をする指が欲の解放を邪魔する。

「うっ、う……っ。く、ぅ……っ」

高く放ちそうになる声をどうにか噛み殺し、腰を右へ左へ回して悶《もだ》える遥の中を、鷹遠の舌が泳ぐようななめらかさで責め立てる。淫靡な水音を響かせ、ぬるりぬるりと出入りを繰り返しながら、官能の凝《こご》りをぐりぐりと突き刺し、押しつぶすのだ。

切っ先の孔だけを擦られるペニスもぱんぱんに膨らんで、もう決壊寸前だ。出口を塞《ふさ》がれたまま、弾けてしまいそうだ。

気持ちがよくてたまらない。けれども、そのせいで苦しい。

「たか、と……っ。だめ、だ……っ。も、無理……っ」

過ぎた快感をどうにかしてほしくて、鷹遠の顔に臀部をぐいぐいと押しつけ、力の限り肉環を引き絞《しぼ》ったとたん、厚みのある幅広《はばひろ》の舌がにゅぽっと奥へ伸びてきた。今までとは違う部分を不意打ちのように深く掘られ、脳裏で火花が散った。

「――ふ、ぅっ」

下腹部が大きく波打ち、内腿《うちもも》がわななく。軽い目眩《めまい》を覚えて脚《あし》をよろめかせたとき、鷹遠の手と舌が離れた身体を再び反転させられた。

「あっ」

鷹遠の眼前で、膨張しきったペニスが根元からしなる。吐精《とせい》するより一瞬早く、亀頭《きとう》を咥《くわ》えられた。敏感な切っ先をぬるりと粘膜に包まれた刺激でどっと噴き上がった大量の精液を、強く吸われる。

「あ、あ、あ……、はっ、……ぁ、ん」

亀頭をにゅるにゅると舐められながらすべてを吸い尽くされたときには、もう立っていられなくなっていた。傾《かし》いだ身体を抱きとめられて、鷹遠と一緒に床の上に座りこむ。

火照った肌に床板の感触が心地いい。肩を上下させているうちに、いつの間にか鷹遠の脚のあいだで背を抱かれる格好になっていた。

「お前の薔薇の蕾はまるで麻薬だな。触れれば触れるほど、もっと欲しくなるし、頭の中がお前の薔薇の蕾一色になって、ほかには何も考えられなくなる」

薔薇の蕾で埋まった頭の中を想像してしまい、そのシュールな光景に苦笑が漏れる。

「……馬鹿」

「話の流れ的に、そこの返しは『愛してる』だろ」

遥の頭のトラ耳をいじりながら、鷹遠が少し不満げに言う。

「……薔薇変態の思考回路にはついていけない。今の台詞《セリフ》のどこをどう流したら、『愛してる』にたどり着くんだ。俺には『変態め』以外の返しは浮かばない」

「つれないコスプレ署長様だな。頭が煮立つくらいお前のことばかりを考えている俺の一途さに感動しての『愛してる』だろ」

「お前の変態話に感動は無理というか、ちょっと引いた。それに、俺はコスプレはしていない。カチューシャをつけてるだけだ」

「俺の目には十分エロいコスプレだ。これで尻尾《しっぽ》をつけられたら、鼻血を噴いて勃起する」

「変態め」

鷹遠の胸にもたれて笑ったとき、腰骨のあたりに硬いものを感じた。首を巡らせると、鷹遠

のそこがあからさまなまでに高くジーンズの布地を盛り上げていた。

遥は身を起こして向き合い、今度は自分が鷹遠のジーンズを寛《くつろ》げようとした。けれども、

「俺はいい」と拒まれた。

「どうして？」

「俺は、お前が考えてる以上に、お前のトラ耳コスプレに興奮してるんだ」

やけに真剣な顔で告白され、遥はまたたく。

「今、お前にここを触られたら絶対に暴走して挿れたくなる。お前が泣いてやめてくれと言っても、とまらないかもしれない。明日は朝稽古があるんだから、そんなことはしたくない。今晩は自分で処理する」

おもちゃのトラの耳を頭に載せているだけなのに、一体どこにそれほどまでの興奮要素があるのか、遥にはとても不思議だった。しかし、興奮中、暴走の危険あり、と鷹遠が自己申告するからには本当にそうなのだろう。

明日のことを考えれば野獣化鷹遠は遠慮《えんりょ》したいが、自分だけ気持ちよくなって終わる一方通行の行為も嫌だ。鷹遠の言葉に自分への愛情を感じるからこそ、強くそう思う。

「だが、このまま帰るのは気が引ける」

「気にするな。俺が、お前に無茶をさせて後悔したくないんだから」

「だけど……」

なおも言い募《つの》ろうとした唇をそっと啄《ついば》まれる。

「なら、帰り支度《じたく》の前に、俺の薔薇の蕾をもうひと舐めさせてくれ」

キスや抱擁《ほうよう》や甘い愛の言葉。——選択次第でいくらでも情緒的ムードに浸れるだろう場面で、鷹遠はいつも「薔薇の蕾」へのフェティシズムを全開にする。しかも、最初の頃は「薔薇の蕾」の前につく形容詞は「お前の」や「世界一の」や「麗しの」だったが、いつの間にか「俺の」の登場回数が増えた。

初めて会ったときから独特のフェティシズムの持ち主だということはわかっていたし、それを除けば文句のつけ所のないいい男なので、決して愛情が冷めるわけではない。とは言え、これは俺の尻であってお前の尻じゃないと訂正ぐらいはしておくべきだろうかと悩んでしまう。

難題を頭の中で転がしてみても答えは見つからなかったが、鷹遠の求めを拒むという選択肢《し》も出てこない。しばらくの沈黙のあと、遥は身体の向きを変え、這《は》う体勢になる。

「もう少し、腰を上げてくれ」

言われるがままに、鷹遠に向けて臀部を突きだす。自分の意思では制御《せいぎょ》できないはしたない開閉を繰り返している肉環に鷹遠が顔を寄せたの感じ、遥は吐息を震わせる。

「なあ、遥。俺の薔薇の蕾は麗しすぎて、何だか奇跡を起こせそうだ」

「……奇跡?」

「ああ。もしかしたら、聖大の弟を作る神秘の力が宿ってるんじゃないかと思えるくらいの宇宙一の美麗さだ」

世界一から宇宙一へ大きな飛躍《ひやく》を遂《と》げた、しかしあまり嬉しくない称賛の言葉に、深い脱力感がわき起こる。遥は息をつき、振り向く。

「宇宙語の妄想《もうそう》はいいから、早く舐めろ」


遥には動物への苦手意識はない。何を見ても愛らしいと思う反面、特定の種類に限った愛も持ってはいない。そして、実家でペットを飼った経験もない。

だから、子犬と子猫のどちらを聖大に贈るべきか、なかなか決められなかった。犬と猫の特性や、それぞれを家族に迎えることのメリット、デメリットを調べれば調べるほど迷うのだ。

人間と強い信頼関係を築ける犬は聖大のよき相棒となってくれそうだが、まだ五歳の聖大に毎日の散歩は無理かもしれない。その場合は、小田や市原を含めた四人の大人が交代で散歩をさせることになるだろうけれど、それではあまり「聖大のペット」ではない気がする。猫は子供でも世話をしやすいようだが、犬ほど人には懐かないらしい性格では聖大の弟代わりになってくれるのか心配だ。

犬か猫か。毎日それればかりを考えて半月ほどが経《た》ったある朝のことだ。登庁《とうちょう》すると、副署長の幣原《しではら》と昨夜の当直責任者だった地域課課長の吉野《よしの》から、深夜の管内で発生した珍事件を報告された。脱走したアリクイを嘱託《しょくたく》警察犬が発見したという。

「……アリクイって、動物園にいるあのアリクイですか？」

そのアリクイです、と吉野が頷き、報告を続ける。

「個人宅で飼われていたもので、かなり賢く、自分で玄関を開けて逃走したそうです。通報してきた飼い主の話では大人しい性格のようですが、鋭い爪で丸太を簡単に引き裂いてしまうとのことでしたので、一刻も早い発見のために警察犬《イヌ》を出しました」

出動したのは嘱託警察犬のベオウルフ号。ベオウルフ号は出動からわずか五分で、飼い主宅の三軒隣の民家の物干《ものほし》し竿《ざお》にぶら下がっているアリクイを発見したという。

被害は何もなかったため、飼い主に厳重《げんじゅう》注意と警察犬の出動料金請求《せいきゅう》をして、その深夜の珍事件は幕引きになったそうだ。

そこでなんですが、と幣原が一歩前へ出る。

「ベオウルフ号に感謝状を贈ってはどうでしょう？」

以前、署長として勤務していた地方の警察署でもこの下北沢署でも、遥は人間以外に感謝状を贈ったことがない。一瞬戸惑ったが、幣原の話では、警察犬でも著《いちじる》しい功績を立てれば表彰されるのは珍しくないそうだ。

「被害者のいない動物話は市民にもマスコミにも受けがいいものですし、ぜひご検討《けんとう》を」

ベオウルフ号への感謝状贈呈《ぞうてい》を提案する幣原の目は、やけに生き生きと輝いており、何だかはしゃいでいるふうにすら見える。

「わかりました。では、そのようにお願いします」

遥の与えた許可に、幣原がさらに表情を明るくする。

「……もしかして、幣原さんは犬好きですか？」

「はい。妻子よりも犬を愛しております」

間髪《かんはつ》をいれずそんな断言を飛ばされて、遥は少し面食らう。

「ちなみに、猫と亀と文鳥も同様に愛しております」

「では、幣原さんは犬と猫の両方の飼育経験がおありですか？」

「はい。今は犬と亀だけですが、猫は三匹飼っておりました」

思いがけないところでアドバイザーを見つけ、遥は身を乗り出す。

「五歳児がペットにするには、犬と猫のどちらが適していますか？」

去年の秋、聖大のことを尚嗣に打ち明けたあと、鷹遠と尚嗣と三人でおこなった何度かの話し合いの中で、鷹遠の甥《おい》が自分の甥でもあることを本庁の人事に報告することを決めた。

通常、親族は同じ署内で勤務はできない。尚嗣の離婚により、遥と鷹遠の姻戚《いんせき》関係は解消されているが、聖大の存在を介《かい》せば叔父《おじ》同士になる。聖大の戸籍上の父親は綸子の再婚相手になっているものの、一日で遥の血縁者だとわかる顔がもし何かの弾みで警察やマスコミの関係者に知られた場合、隠していれば疑念や憶測《おくそく》を生む可能性もある。前署長の不倫《ふりん》騒動によって失墜《しっつい》した信頼を回復する前に、そのことが新たな波乱を引き起こせば下北沢署は目も当てられない状況に陥《おちい》ってしまう。鷹遠の異動はやむを得ないと覚悟しての報告だったけれど、本庁からのコメントは特になく、春の定期異動で鷹遠が動くこともなかった。

どうやら、鷹遠とも聖大とも戸籍上の関係がないことから本庁の人事では問題視されなかったようだが、遥は幣原を含めた署内の幹部には聖大が自分の甥でもあると告げた。

今後、署からの緊急連絡を受けた際、鷹遠の家にいることもあるかもしれない。その際に、予《あらかじ》め「甥を訪問する叔父」という形を堂々と作っておけば、深い詮索《せんさく》はされないだろうと思ったのだ。そして、それは実際にその通りだった。

遥が退庁後に官舎ではなく鷹遠家へ直行することがあっても、誰も怪しんだりしない。どちらかと言えば、励《はげ》ましの目を向けられることが多い。遥が業務上で鷹遠を決して依怙贔屓《えこひいき》せず、公私の区別を明確につけているからと言うよりむしろ、本庁にそうしたように、詳細《しょうさい》は伏せて聖大の件が下北沢署着任後に発覚したことや、聖大はいずれ鷹遠が養子にする予定だと話したことで、言ってみれば「身分違い」だった尚嗣と綸子の悲恋物語を皆が勝手に色々と想像して膨らませているからだろう。

「五歳児と言うと、聖大君ですか？」

「ええ。子犬か子猫を贈ることになったのですが、なかなか決められなくて」

迷っている理由を告げると、幣原が「署長は心配性ですなあ」と笑い声を響かせた。

「どんな動物にも家族に迎え入れる上での長所と短所があります。猫と犬の選択で、これだという決定打に欠けるのであれば、私は聖大君自身に選んでもらうのがベストだと思いますよ。ただ与えられるよりも、本人の意思が介在するほうが責任感も出るでしょうし」

その日は定時に退庁したあと、ちょっとした私用があった。どのくらい時間がかかるかわからなかったので、小田と市原に聖大の夕食や風呂の世話を任せる旨《むね》の連絡を入れた。

小田と市原は、遥と鷹遠の、そして遥と聖大の関係を知っている。ほとんど一緒に暮らしているようなふたりに隠しておくことは無理だし、無意味だと鷹遠が判断して告げたのだ。ふたりは意図せずゲイカップル宅の家政婦となってしまったことに特に不満はない様子で、以前と同じように聖大のベビーシッター兼家政婦を続けてくれている。鷹遠の「俺の人を見る目は確かだ」と胸を張る言葉に、遥も異存はない。

二十時過ぎに用を終えて、鷹遠家のある雑居ビルに向かう。ビル一階の入り口の前で、ちょうど鷹遠と行き合った。通勤用ではない大きな鞄《かばん》を持っている。

鷹遠は現在、組織犯罪対策課と合同で麻薬絡みの殺人未遂《みすい》事件の捜査をしており、ここ数日はほとんど署に泊まりこんでいるような状態だ。昨日、刑事課課長の石地《いしじ》から受けた報告ではそろそろ捜査は大詰めらしい。だが、鷹遠はまだ帰宅できる状況ではなく、洗濯物と着替えを取り替えに来ただけだという。

朝の幣原との会話を鷹遠に聞かせながら、エレベーターに乗る。

今日は一日、重要参考人として浮かんでいる男を探してゲームセンターを何軒も渡り歩いていたらしい鷹遠のスーツから漂《ただよ》う濃い煙草《たばこ》の臭《にお》いが鼻孔を突く。煙草の臭いは苦手だが、鷹遠の一日の仕事の成果だと思うと少しも嫌なものには感じない。

「そりゃ、幣原さんの言うとおりっていうか……、まだそんな段階で悩んでたのか？」

ペットを贈ると決めてからの二週間、鷹遠とはすれ違いが多く、ゆっくりと話ができていない。プレゼント計画にまるで進展がないことを知ると、鷹遠は少し呆《あき》れたように片眉《かたまゆ》を上げて七階のボタンを押した。

「お前が決められないんなら、幣原さんのアドバイスに従って聖大に選ばせてみるか？」

「できれば、内緒で選びたい」

「サプライズか？」

「それもあるが、予告したあとにもし何かのアクシデントで計画が駄目になって、またがっかりさせたりしたら、本末転倒だろ」

「ああ、なるほど。で、石橋を叩きまくってるわけか？」

「ここへ越してこられるまでは『嘘つきおまわりさん』を完全には返上できないからな」

エレベーターが七階に着く。鷹遠に促《うなが》され、遥は先に廊下へ出る。

「なあ、鷹遠。お前は聖大が犬と猫のどっちが好きか、知ってたりしないのか?」

生憎な、と肩をすくめ、鷹遠もエレベーターを降りる。

「小田さんか市原さんなら知ってるかもしれないから、訊いてみるか」

妙案だと思ったけれど、小田から得られた情報は「この前、古代生物の図鑑を見ていたとき、巨大オオカミよりもサーベルタイガーのほうに興味を示していましたから、猫かもしれませんねえ」という参考にすべきか否《いな》か迷ってしまうものだった。

今は聖大を風呂に入れている市原に一縷《いちる》の望みをかけることにした遥と鷹遠を見やり、小田が「ところで」と言葉を継いだ。

「聖大君のことでご相談があったので、おふたりが一緒でよかったですわ」

今日、このビル内に設置している防犯カメラのメンテナンスに来ていた警備会社の担当者から、聖大にGPSつきの防犯ブザーを持たせることを勧められたそうだ。

「防犯ブザーですか……。聖大には少し早くないですか?」

贅沢《ぜいたく》は人間の精神を腐らせる、という亡き父親の人生哲学を受け継いだ鷹遠は、聖大を「富豪の子」扱《あつか》いをすることをとても嫌う。小田と市原に聖大を決して「坊ちゃん」などとは呼ばせないし、妙な勘違いをさせたくないからと聖大に対する敬語も禁じている。

聖大がまだひとりでは外出しないこともあり、そうした信念が先に立つのだろう。乗り気ではない様子の鷹遠に、小田はつい先日、千葉県で起こったある誘拐《ゆうかい》未遂事件のことを話す。

離婚して親権を奪われた男が、歩いて保育園から帰る途中の元妻から子供を攫《さら》おうとした事件だ。誘拐は未遂に終わったものの、子供を懸命《けんめい》に守った母親は重傷を負っている。その事件のことが今日、小田と警備会社の担当者とのあいだで話題になったらしい。

「それで、色々と考えてしまって。鷹遠さんが資産家だということを知っている誰かに、聖大君が目をつけられるかもしれないでしょう？　通園路で万が一のことがあれば、私と市原さんのおばあちゃん、おばさんコンビでは残念ながらお役に立てる保証はありませんから、幼稚園の鞄につけるなりして、持たせてあげたほうがいいのではないでしょうか？」

聖大の通う海の子山の子幼稚園は、この家から徒歩十分ほどの場所にある。時々、鷹遠が車に乗せることもあるけれど、基本的には小田と市原が歩いて送り迎えをしている。

そのため、千葉の事件のことを口にするうちに心配になったようだ。

「俺は小田さんに一票。こういうことは、もしもの備えが大切だからな」

日本では身代金目的の誘拐が成功することはほぼないと言っていい。しかも、特に派手な生活をしていない鷹遠が実はかなりの資産家だと知っているのなら、警察官であることも知っているはずだ。ほかにもっとリスクの低い方法がいくらでもあるのに、わざわざ警察官の家族を誘拐して一攫千金《いっかくせんきん》を狙《ねら》うような底なしの愚《おろ》か者《もの》がいるとは考えにくい。

とは言え、この手のことに関しては用心はいくらしても悪いことではない。

遥の放った援護《えんご》射撃に、小田が胸の前で小さく手を叩く。

「これで三対一ですわ、鷹遠さん。市原さんももちろん賛成ですから」

詰め寄られ、鷹遠は「わかりました。持たせましょう」と苦笑する。

「では、明日にでも早速、警備会社の方に来ていただきますね」

高らかに勝利宣言をした小田の背後でリビングのドアが開き、「ユキちゃん、ハルカちゃん！　おかえり！」と聖大の声が響いた。

パジャマ姿の聖大が市原と繋いでいた手をほどき、まっすぐに駆け寄ってくる。乾かしたての癖毛がぴょんぴょんと跳ねるさまがいつ見ても愛らしく、頬がゆるむ。

お帰りなさい、と笑んだ市原に、遥と鷹遠は会釈《えしゃく》する。

「悪いな、聖大。俺は着替えを取りに来ただけだから、すぐ戻らなきゃならないんだ」

ふうん、と聖大は唇を尖らせ、遥を見上げる。

「ハルカちゃんは、あとなんぷんいてくれるの？」

「お前が寝るまで」

「じゃあ、ぼく、あさまでおきてる」

可愛らしい物言いに、遥は思わず微笑《ほほえ》んでその薔薇色の丸い頬を撫でる。

「そうか。だけど、俺は九時に布団に入るいい子にしか本を読まないぞ？」

狼狽《うろた》えた表情で目をしばたたかせ、「やっぱり、ちゃんとねる」と前言を撤回《てっかい》した聖大の前に鷹遠が屈《かが》みこむ。

「聖大。毎日夜は九時に寝るいい子は、外で知らない人に声を掛けられたらどうする？」

防犯ブザーの話題のせいか、鷹遠がそんな問いを出す。聖大は唐突な問いを不思議がることもなく、日頃から幼稚園やこの家の大人たちに聞かされている教えを大きな声で返す。

「ついていかない！」

「お前や俺の名前を知っていても、知らない人なら？」

「ぜったいについていかない！」

「もし、無理やり連れて行かれそうになったら？」

「おおきいこえでさけぶ！　きゃーって」

聖大はすぐさま答える。教わったことはちゃんと全部覚えているのだと自慢するように胸を張る聖大の頭を、鷹遠が「よし」とくしゃくしゃと撫で回す。

鷹遠の大きな掌を頭にかぶった聖大がくすぐったそうに笑う。

あどけない笑顔に庇護欲《ひごよく》をかき立てられ、遥はふとあることを思い出した。

先月、隣の署の管内を中心に氷酢酸《ひょうさくさん》を染みこませたパンが路上にばらまかれる事件があったのだ。すでに逮捕されている被疑者はこの春に三浪が決まった浪人生で、大学に落ちた腹いせによる犯行だった。犬、猫なり、子供なりが拾い食いをして、苦しめばいい、と。

臭いが強烈だったせいで住民がすぐに異臭に気づき、確認された被害はカラス一羽だけだった。聖大は、異臭がしてもしなくても、道端に落ちているものを口に入れたりはしないだろうが、注意をしておくに越したことはない。

「道に落ちているものを触ったり、拾ったりも駄目だぞ、聖大」

遥がそう言うと、聖大はなぜか困ったように視線を泳がせてうつむいてしまった。

どうしたんだと尋ねても、黙ってもじもじしている。

「ちょうど今日、園外保育のときに落ちているものを拾って失敗したんですよ」

小田が笑って、幼稚園の連絡帳を見せる。園外保育で訪れた老人ホームの庭で聖大は丸められた新聞紙を見つけ、ゴミ箱に捨てようと拾ったところ、中から虫が飛び出してきたそうだ。驚いて盛大に尻餅《しりもち》をついて制服を汚し、着替える羽目になったらしい。

「ゴミ拾いをしたのは偉《えら》いな、聖大。お庭は綺麗にしておかないといけないものな」

遥は聖大の小さな鼻先をつついて褒《ほ》める。

「でも、変なものを……特に中身がわからない袋やダンボールを見つけたときには、触ったりしたら駄目だ。近づかずに、先生や小田さんたちに報告すること。いいな？」

素直にこくりと頷いた聖大と、皆で代わる代わる指切りげんまんをする。

「よし。よい子は変な物を拾わない」

鷹遠の発した言葉を、聖大が元気よく復唱した。

「よいこはへんなものをひろわない！」

最後の頼みの綱だった市原も聖大が犬と猫のどちらを好きかは知らなかったけれど、遥は二日後に猫を贈る決心をした。過保護な考え方かもしれないが、小田たちと誘拐の話をしたせいか、散歩のために毎日外出しなければならない犬よりも、家の中で一緒に遊べる猫のほうが五歳児に向いたペットだと思ったのだ。

評判のいいペットショップを一晩かけて調べ、翌日の退庁後にその店へ行くことにした。どんな猫を選ぼうかと朝からそわそわしていたその日は、午後一番のスケジュールがベオウルフ号への感謝状贈呈式だった。

遥は下北沢署に着任してからの半年で全署員の顔と名前は完全に、家族構成もほぼ覚えた。しかし、嘱託警察犬に関する情報は範疇外《はんちゅうがい》だ。古代の英雄と同じ勇ましい響きの名前を持つベオウルフ号を、てっきりジャーマン・シェパードやゴールデン・レトリバーなどの指定犬種だろうと思っていた。ところが、幣原に案内され、警察犬指導士の男性と一緒に署長室へ入ってきたのはチワワだった。

幣原が広報活動に励《はげ》んだ成果で、ずらりと鈴なりに並んだマスコミの多さに驚いたのだろう。ベオウルフ号は贈呈式のあいだずっと、黒と茶色の被毛《ひもう》に覆《おお》われた小さな身体をぷるぷると震わせ、指導士の脚の後ろに隠れていた。その愛らしさにカメラを構えた報道陣も列席した署員も皆悩殺されてしまい、署長室には終始、弛緩《しかん》した笑顔が溢《あふ》れた。

式の終了後、署長室を出る指導士とベオウルフ号のあとに、個別インタビューを求める報道陣がぞろぞろとついてゆく。何だか先週、聖大に読み聞かせた『ハーメルンの笛吹き男』の挿絵《さしえ》を思い出させる光景で、遥はおかしくなる。

「チワワだったんですね、ベオウルフ号」

書類仕事を再開する前に幣原が持ってきてくれたコーヒーを飲んで、遥は笑う。

「ああ、そう言えば……、署長は着任が去年の九月でしたから、ご存じなかったんですね。ベオウルフ号は二年前に警視庁の審査会で初めて合格した小型犬なんです」

そんな説明を受けたとき、机の中で私用のスマートフォンが鳴った。

小田と市原用に設定した着信音だ。市原が元看護師なので、聖大が熱を出したり、ちょっとした怪我をしたりしたくらいでは、ふたりが勤務中の鷹遠や遥に電話を掛けてくることはない。そうするのは、よほどの緊急事態に限られる。

「――ちょっとすみません」

幣原に断って応じると同時に、市原の上擦《うわず》った声が鼓膜《こまく》に刺さる。

『櫻本さんっ。聖大君が――、聖大君がいなくなってしまってっ。わ、私、……あの、目、目を離してしまって、も……、申し訳ありませんっ』

息が詰まりそうなほど驚いた。だが、遥は指先にぐっと力を込めて動揺を押し殺す。

間の悪いことに、今日は小田が親族の集まりに出るため地元の和歌山《わかやま》へ帰郷している。自分まで一緒に狼狽えれば、市原の混乱を深めるだけだ。

「まず、落ち着いてください、市原さん。いなくなったのは、いつですか？」

『じゅ、十五分前……、三時十二分です』

幼稚園から帰ってすぐ、市原がキッチンでおやつの用意をしているあいだに聖大は姿を消したという。呼んでも来ないので家中を探したがどこにもおらず、慌てて防犯カメラの映像を確認したところ、ひとりでビルを出て行く聖大が映っていたそうだ。

それが、午後三時十二分らしい。

「と言うことは、連れ去りではなく、自分で外出したんですね？」

連れ去り、の言葉に反応し、幣原が目もとを厳《きび》しくする。

『ええ……。でも、黙っていなくなるなんて今まで一度もなくて……、それに外へ出るときには必ず身につけると約束したばかりなのに、防犯ブザーも置いていっているんです』

狼狽《ろうばい》しきった市原の声の向こうから、車や雑踏の音が聞こえる。どうやら、市原は外に出て聖大を探しているようだ。

『鷹遠さんと連絡が取れないんですが、警備会社に捜索の連絡をしてもいいですか？　ああ……、でも、聖大君、ＧＰＳを持ってないから……、やっぱり一一〇番でしょうか？』

「……いえ。まだそれは待ってください。自分の意思で外へ出たのなら、どこかへ遊びに行っただけで、暗くなる前に帰ってくるかもしれません」

鼓動《こどう》が段々と速くなっていく自分自身にも言い聞かせるように、遥は言葉を紡ぐ。

『ですが……、聖大君が黙って遊びに行くなんて考えられません。誰かに何らかの手段で、言葉巧《たく》みにおびき出されたのかもしれません』

「防犯カメラの映像に、それらしき人物は映っていましたか？」

『いえ。でも、まだ、エレベーターのカメラしかチェックしていないので……』

「では、一階のカメラをチェックしてください。聖大がどちらの方向へ行ったかわかるかもしれませんし、誰かが映っている可能性もあります」

『そ、そうですね。わかりましたっ』

市原はかなり気が動転しているようだ。そのまま電話を切ってしまいそうな勢いを感じ、遥は「それから」と声を大きくして続けた。

「幼稚園の友達の保護者の連絡先はわかりますか？」

はい、とすぐさま返ってくる。

「誰かと遊びに行く計画がなかったか、訊いてください。聖大は聞き分けがよくても、まだ五歳の子供です。普段しない冒険をしてみたくなったのかもしれません」

本当にそうであってほしいと遥は強く願う。

「市原さんが外にいると聖大が帰ってきたときにひとりになってしまうので、とりあえず家で待機してください。私はあと一時間半勤務がありますが、退庁したらすぐにそちらへ向かいます。その間に何かわかったことがあったり、聖大が帰ってきたりしたら、電話をください」

『はい……。でも、ただ待っているだけでいいんでしょうか……』

力ない問いが胸に刺さる。本音では、遥も居ても立ってもいられない。すぐにでも探しに飛び出していきたい。けれど、聖大がいなくなってまだ十五分。事件性を示すものもないのだから、勤務が終了するまでは署を離れることはできない。

「……とにかく、もう少し待ちましょう」

電話を切ると同時に、幣原が「何事ですか」と尋ねてくる。事態を簡潔に説明しながら鷹遠に電話をかけたが、やはり繋がらない。留守番電話サービスに切り替わってしまう。

「鷹遠は電話に出ませんか？」

「ええ。電源を切っているか、圏外《けんがい》のようですね」

失礼します、と幣原は軽く手を上げ、執務机の上の内線電話で鷹遠の上司である石地刑事課課長を署長室へ呼び出す。

「署長。私は速やかに捜索を始めるべきだと思います」

受話器を戻し、幣原はきっぱりとした口調で言う。

「今までひとりで外出したことのない五歳児の行方不明者です。もし単にこっそり友達に会いに行っただけであっても、交通規則を知らない子供ですから事故に遭《あ》う可能性は否《いな》めません。それに鷹遠は東新宿署《ひがししんじゅくしょ》にいた頃はその土地柄《がら》、かなり荒っぽい事件も扱《あつか》っていたはずです。

鷹遠が挙げた者の中に、報復の機会をうかがっている輩《やから》がいても不思議ではありません」

警察官の家族を身代金《みのしろきん》目的で誘拐する愚か者はいなくても、報復のために拉致《らち》することなら確かに十分考えられる。

「……幣原さん。不安になることを言わないでください」

自分が一民間人なら、即座に捜索を頼んでいただろう。しかし、市民の信頼回復を目指す途中のこの下北沢署の署長という立場にいる以上、身内への特別扱いだと疑われる行為は慎《つつし》まねばならない。

机の上で組んだ手に額を押し当て、深く息をついた遥を幣原が「署長」と呼ぶ。

「この件は私に任せていただけませんか？」

「――え？」

「失礼ながら、研修中の現場経験しかない署長に的確な判断が下せるとは思えません。行方不明者が血縁者であるならなおさらです。現に、目を離した隙に子供がいなくなったとわかり、十分も経たずに交番へ駆けこんでくる親は珍しくないのに、署長は署長であるがゆえに躊躇《ためら》っておられます。行方不明者が警察の身内かどうかなど、関係ありません。五歳の子供がいなくなったとわかれば、探すのが警察の仕事です」

石地に鷹遠の所在を早急に確かめるよう指示したあと、幣原は地域課課長の吉野を署長室に呼んだ。五歳児の足では、そう遠くへ行くことは難しい。まずは地域課の課員を動員し、聖大の捜索をすることになった。

警察に「家族がいなくなった」と届けがあった場合、行方不明者が自らの意思で失踪《しっそう》した成人であれば「一般家出人」に、幼児や病人、老人などの自身の意思とは関係なく事件や事故に巻き込まれた可能性が考えられるときには「特異家出人」に分類する。

警察が捜索活動をおこなうのは、人命にかかわるおそれがある後者に対してのみだ。そして通常、捜索願を出すことができるのは家族・親族に限られる。部下の武川《たけかわ》と聞き込みの最中に被疑者の潜伏先《せんぷくさき》の情報を摑んだらしい鷹遠とは連絡が取れず、聖大の戸籍上の父親が綸子の再婚相手であるため、遥も尚嗣も法的には家族・親族と認められない。しかし、警察が行方不明者を特異家出人だと判断した場合には、捜索願が出されていなくても、署長は緊急措置《そち》として保護者の代わりとなる権限を有する。

今回は署長の捜索願を受理した形で地域課が動いている。

一旦《いったん》署長室を出た幣原が、三十分ほど経って経過報告に来た。

「四丁目交番の者が鷹遠の家でカメラの画像をチェックしましたが、怪しい人物は映っておりませんでした。聖大君はひとりで、幼稚園の方向へ歩いて行ったもようです」

「そうですか」

「ベビーシッターさんと幼稚園の協力を得て、聖大君の友達やその保護者にもすべて当たりましたが、そちらからの収穫はありませんでした」

決裁書類に判を押しながら、遥はもう一度頷く。

幣原の言う通り、官僚の自分に行方不明者捜索の指揮《しき》は取れない。叔父と甥であることが足枷となって、冷静な判断もできないだろう。この件は幣原に任せると決めたのだから、目の前の職務に専念すべきなのに、書類を読む目がすべってしまう。

「聖大君は幼稚園の制服を着たまま出かけています。こんな時間に制服の幼児がひとりで遊んでいれば、かなり目立つはずですが……。日が落ちるまでに見つからなかった場合は指令センターに緊急配備《キンパイ》の要請をし、警察犬も出します」

「お願いします」

「ベオウルフ号が出動するでしょうから、きっとまた見事な活躍を見せてくれるはずです」

遥は細い笑みを返し、手もとの書類に視線を落とす。

現時点では誘拐や拉致の可能性は低い。しかし、友達と会う約束をしていた形跡もない。なのに、聖大はどうして黙っていなくなったのだろう。理由がまるでわからないからこそ、あとからあとから自責の念が湧く。もし、自分がもう一日早く決断して昨日のうちに子猫を贈ってさえいれば――。そうすれば、聖大は今頃、家の中で猫と遊んでいたかもしれないのにと。

呼吸をするたびひどくなる胸の痛みからどうにか目を逸《そ》らし、未決箱の中の書類に決済印を押し続けた。そうして一時間が過ぎた。終業時刻まであと五分。時間が来たらすぐさま署長室を飛び出せるよう、準備をしていたときだった。

幣原と、携帯電話を持った吉野が駆けこんできた。聖大が幼稚園の近くの公園内で発見されたという。公園に設置されているかたつむりトンネルの中にいたそうだ。

「発見したのは羽柴《はしば》と小平《こだいら》と伊野《いの》の三人ですが、突然ゴリラのような見知らぬ男に囲まれて聖大君はパニックを起こしているらしく……。保護を拒否して公園内を逃げ回っているそうなので、署長からお声を掛けていただけますか?」

吉野が携帯電話をスピーカーホンにして差し出す。

確かに、羽柴たちの声を縫《ぬ》って、聖大の甲高《かんだか》い悲鳴が聞こえてくる。

──聖大君、お兄さんたちは下北沢署のお巡りさんだよ。

──きゃー!　あっちいって!

──お巡りさんたちと一緒にパトカーに乗って、警察署へ行こう。

──のらない!　きゃー!

聖大にとって、羽柴たちは警察官の格好をしていても知らない大人だ。だから、こんな状況下でも「知らない人の車に乗らない」という教えを守って逃げているらしい。

「櫻本です。そちらの携帯をスピーカーホンにしてください」

遥の呼びかけに、羽柴が「はっ、署長」と応じる。

「聖大、聞こえるか？　俺だ、遥だ」

――ハルカちゃん？

「そうだ。そこにいるお巡りさんたちと一緒にパトカーに乗りなさい」

――でも、しらないひとのくるまだもん。

「そこにいるのは、お前の好きなパトカーで毎日この街をパトロールしているお巡《まわ》りさんたちだ。一番背の高い人は羽柴巡査部長で、柔道がすごく強いお巡りさんだ。眼鏡《めがね》を掛けている人は小平巡査で、走るのが速いお巡りさんだ。眉毛の濃い凜々《りり》しい人は伊野巡査で、パトカーの運転がとても上手《じょうず》なお巡りさんだ。今、皆を紹介したから、もう知らない人じゃないだろう？」

うん、と聞こえてきた返事に猫の鳴き声が交じる。近くに野良猫でもいるようだ。

「じゃあ、パトカーに乗るんだ」

――ぼく、やくそくをやぶったから、たいほされるの？

「そうじゃない。だけど、いなくなったお前を探してくれたお巡りさんたちに、ありがとうを言わないといけないだろう？」

正確には事情聴取だ。特異家出人として捜索した以上は、子供でも行方不明になった経緯《けいい》を説明しなければならない。そして、警察は事件性の有無《うむ》を詳しく確認せねばならない。

それを「ありがとうを言う」と大ざっぱにまとめた遥の言葉に納得したらしい聖大は、五分ほどで署に到着した。未成年者の聴取はよほどのことがない限り、保護者立ち会いのもと、保護・指導した者のデスクでおこなうのが通常だ。鷹遠とはいまだに連絡が取れないため、遥が聴取に同席した。

遥と鷹遠がかつて姻戚関係だったことは積極的に公言はしないものの隠してもいないので、署員の大半が知っている。しかし、鷹遠の甥が遥の甥でもあることを知るのは幹部のみ。そのため、羽柴のデスク脇に用意されたふたつの椅子に遥と、どこからどう見ても遥と鷹遠のミックス顔にしか見えない子供が並んで座っている光景に、課内はどよめいていた。

「まさか、署長が産んだり……？」

なかば呆然《ぼうぜん》とした声も耳に届いたが、「してません」と答える余裕はなかった。

そんなことよりも気にしなければならないことがあるからだ。たとえば、聖大の制服の上着の中で、真っ黒い毛と透き通った青い目をした子猫がにゃあにゃあ鳴いている理由だ。

「……どうしたんだ、その猫」

「ダンボールにはいってた……」

聖大が発見された公園は幼稚園の近所にあり、園外保育に使われている。今日、園外保育でその公園に行った聖大は、公園の隅で段ボールに入れられた子猫を見つけたという。

「へんなおとのするダンボールをあけたらだめなことも、おちてるものをひろわないってゆびきりげんまんしたのも、ちゃんとおぼえてるよ。でも、このこはひとりぼっちでないてたの。おかあさんもきょうだいもいなくて、かわいそうだったんだもん」

見つけてしまった子猫のことがどうしても気がかりで、けれども落ちていたものを拾うことを幼稚園の教諭《きょうゆ》も市原も許してくれないだろうと思い、聖大は捨て猫を見つけた報告を誰にもしなかった。そして、こっそり家を抜け出したらしい。そのあとはずっと、公園のトンネル遊具の中で猫を抱いていたようだ。

そうしたことを聴取したあいだに、幣原が署のはす向かいのコンビニで買ってきた材料で即席の猫ミルクを作ってくれた。かなり空腹だったらしい子猫はミルクをごくごく飲んで、気を失うようにぱたりと眠った。

「これぐらいだとまだ生後半月ほどでしょう。……オスのようですな」

眠りながらも聖大にしがみつく子猫の尻をそっと持ち上げ、幣原が言う。

「汚れていませんし、まだ元気なようですし、今朝《けさ》あたりに捨てられたんでしょうなあ」

「おねがい、ハルカちゃん。ぼく、やくそくをやぶったはりせんぼん、ちゃんとのむよ。きょうから、ぜったいぜったいいいこになる。だから、このこをすてないで」

聖大の必死の訴えに、今度は課内に啜《すす》り泣《な》きの波が広がる。もらい泣きをこらえた遥も、元々子猫を贈るつもりだったのだ。飼うことに反対する気はない。鷹遠も同じだろう。

しかし、許可を与える前に、こんな騒動を起こしたことを叱《しか》るべきだ。そう思うものの、眠る子猫と抱き合って目を潤《うる》ませる聖大を見ると、叱責《しっせき》の言葉などとても出てこない。

仕方ない。ずるい手だが、叱るのは男親役の鷹遠に頼もう。そう決めた遥のもとへ、刑事課課長の石地が報告に来た。鷹遠と連絡がついたそうだ。鷹遠は今まで電波状況の悪いビルにいたらしい。そのビル内で被疑者を逮捕し、署に向かっているという。

聴取が終わったあと、遥は幣原や羽柴たちに礼を言い、聖大と猫を連れて退庁した。

署の前でとめたタクシーに鷹遠が駆けこんでくる。件《くだん》の被疑者は正確には鷹遠が部下の武川に逮捕させたため、石地からあとのことは武川に任せて上がるよう指示があったそうだ。

鷹遠が運転手に声を掛け、帰路の途中で動物病院とペットショップに寄った。今日の騒動をあっさり許すのかと思ったけれど、タクシーを降り、エレベーターに乗りこんだところで鷹遠は聖大を叱りはじめた。

「お前が黙っていなくなって、市原さんや遥がどれだけ心配して困ったか、わかるか?」

「うん、わかる……」

子猫の入ったキャリーケースを抱きしめ、聖大は神妙な面持ちで細い頤を引く。

「したら駄目だと知っているのに我慢できないのは、悪い子だ。悪いことをしたら、罰《ばつ》を受けなきゃならない。知ってるな?」

「ぼく、どんなばつでもうける。なんでもする。だから、このこをうちにおいて!」

「なら、まず市原さんが許してくれるまで謝るんだ。いいな」

「うん。あやまる。ちゃんと、ごめんなさいする」

「それから、猫の面倒を毎日必ず見ること。それがお前への罰だぞ、聖大」

鷹遠がことさら厳しくした声音を響かせる。

「夜中のミルクやりだけは免除だ。だけど、それ以外のことはお前がやるんだ。もし一度でもサボったら、その猫はちゃんと世話をしてくれるべつの人に引き取ってもらうからな」

「だめ！　ぼく、できるから！　このこのめんどうみられるよ！」

叫ぶように意思表明した聖大をまっすぐに見据《みす》え、鷹遠は続ける。

「だったら、聖大。この猫をお前の弟だと思って、しっかり可愛がれよ」

「おとうと……」

鷹遠の言葉を舌の上で転がすようにして呟いた聖大の目に、強い光が宿る。子猫の兄になる決意の光のようだ。しっかり大きく頷いた聖大は家に入ると、泣き笑いで出迎えてくれた市原に「ごめんなさい」と謝った。

「まあ、まあ、まあ……！　心臓がとまるかと思ったんだから！」

聖大は「ごめんなさい」を繰り返した。自分をぎゅっと強く抱きしめる腕が離れるまで、何度も何度も。

事のあらましは電話とメールで知らせておいたが、聖大の存在を自分の腕で確認してやっと安堵《あんど》できたのか、涙ぐむ市原に鷹遠が「今日はこれで」と笑む。

「ずいぶん心労をかけてしまいましたから、今晩はゆっくり休んでください。また、明日からよろしくお願いします」

皆で市原を玄関まで見送り、部屋の中へ戻る。

鷹遠と遥は市原が作ってくれていたシチューを温め直しながら夕食の準備をした。聖大はキャリーケースから出した「弟」の名前を考え出す。当初の計画とは違ったけれど、聖大が嬉しそうなのでこれもひとつの大団円かもしれない。そんなふうに考えていたとき、ダイニングテーブルの椅子の背に掛けていた鷹遠のスーツの中でスマートフォンが鳴った。

「武川のヘルプコールか？」

また書類の書き方がわからなくなったのかと思ったが、鷹遠はスマートフォンを取り出して首を振る。先ほどこの家を出たばかりの市原からだという。

応じた直後、鷹遠の顔が目に見えて強張《こわば》った。ええ、はい、と何度か繰り返したあと、鷹遠は「そうしてください」と電話を切った。額にはうっすらと脂汗《あぶらあせ》がにじんでいる。

「……遥、美和さんだ」

「え？」

「美和さんが下にいる。今からここに来る」

一瞬、耳に届いた言葉が思考を擦《す》り抜《ぬ》けて意味をなさず、遥は眉根を寄せた。

「……どうして？」

「俺が訊きたい」

美和は、市原がこのビルを出たところで摑みかかるようにして遥の兄嫁《あによめ》だと名乗り、聖大の安否《あんぴ》を尋ねたそうだ。遥の兄嫁だと自称されても、真偽《しんぎ》を確かめられない市原には美和は不審者でしかなく、慌てて電話をかけてきたのだ。

「……兄さんを呼ぶべきだよな?」

鷹遠が混乱気味に「頼む」と返した語尾に玄関のチャイムが重なる。

「聖大。俺たちはお客さんと大事な話があるから、お前は猫と部屋にいろ」

鷹遠に目配せされ、遥は急いで聖大を部屋へ入れる。ほぼ同時に、市原が美和をリビングへ案内する足音が聞こえた。

どういう意図の訪問なのかは見当もつかないが、美和は聖大の存在を知ってしまっている。ここまで来てしまっているのだから追い返すわけにはいかないし、冷える外廊下に妊婦を立たせて話をするわけにもいかない。鷹遠はそう判断して、美和を家に上げたのだろう。

「ねえ、ハルカちゃん。だれがきたの?」

「お前の知らない人だ。俺か鷹遠がいいと言うまで、ここから出ちゃ駄目だぞ」

大きな目の中に不思議そうな色を浮かべつつも「うん、わかった」と頷いた聖大から少し離れ、遥は尚嗣に電話をかけた。帰宅途中らしい尚嗣に状況を手短に伝え、すぐに鷹遠の家まで来てほしいと伝える。尚嗣もかなり驚いているようだ。わずかのあいだ絶句していたが、我に返ったふうな口調で二十分で行くと返事があった。

緊張で軋む胸に手をやり、遥は聖大の部屋を出る。妙な雰囲気に遠慮して廊下で待機していたらしい様子の市原に聖大のことを頼み、リビングに入る。

美和はワンピース姿でソファに座り、鷹遠と向き合っていた。遥の気配に気づいた美和が振り向く。長い黒髪に縁取《ふちど》られた顔の表情はごくやわらかい。想像していたような怒りや恨《うら》みなど、かけらも見当たらない。少し拍子抜けはしたけれど安心はできず、遥は唇を引き結ぶ。

「遥さん、あなたも座って。ふたりに話があるの」

促され、遥は鷹遠の隣に腰を下ろす。

「……それで、お話とはどのようなことでしょうか？」

鷹遠が硬い声を発する。

「あなたたちのこと。それから、聖大君のこと。四月の初めの日曜日、遥さん、尚嗣さんと電話で話していたでしょう？　私、立ち聞きしてしまったの」

それによってすべてを知ったという美和は「最初はただショックだったわ」と苦笑した。

「でも、尚嗣さんは疚しい関係で生まれた子じゃないって言っていたもの。彼はそういうところで嘘をつく人じゃないから、少しして落ち着いたら、先に生まれた尚嗣さんの子がどんな子か気になってしかたなくなったの」

そして、尚嗣の携帯電話をのぞいてこの家の住所を調べ、見に来たのだという。

「実際に顔を見るまではすごく複雑な気分だったわ。でも、尚嗣さんにそっくりなあの子を見たら、ただ愛おしいって思えたの。そうしたら、綸子さんへの蟠《わだかま》りも消えていたわ」

まだ目立たない腹部に手を当て、「自分でも不思議なの」と穏やかに笑んだ美和の顔は母親のそれだった。理屈ではなく直感で偽《いつわ》りのない言葉だと思え、胸の強張りがふっとほどける。

「それから時々、あの子を見に来ていたのよ。今日も病院の帰りに寄ってみたら、警察の人が行ったり来たりで様子がおかしかったし、お金持ちの子が行方不明だって噂《うわさ》している人がいたから、もしかしたら聖大君のことじゃないかと心配になって……」

美和は通り向かいにある喫茶店で、成り行きを見守っていたらしい。ただ、一瞬も目を離さず見張っていたわけではないので、聖大を連れた遥たちの帰宅には気づかなかった。

だが、涙をぬぐいながらこのビルを出てきた市原には気づいた。市原の涙を見て聖大を案じる気持ちが溢れだし、咄嗟《とっさ》に声を掛けたのだという。

「歓迎されるはずもないことぐらいは弁えているのよ？　でも、どうしても心配で、確かめずにはいられなかったの」

美和はゆっくりと言葉を紡いだあと、鷹遠を見つめて言った。

「鷹遠さん。あの子と話をさせてもらってもいいかしら」

鷹遠は迷うように少し沈黙したが、やがて頷いて立ち上がった。リビングを出て、子猫を抱いた聖大を連れて戻ってくる。聖大は幼稚園の制服から部屋着に着替えていた。

「こんばんは、聖大君」

優しく微笑んだ美和に聖大は近づき、「こんばんは」とはにかんだ笑顔を返す。

「可愛い猫ちゃんね。お名前は？」

「まだないの。いま、かんがえちゅう」

「そう。……ねえ、聖大君。おばさんにもね、もうすぐ赤ちゃんがふたり生まれるの」

「ふたりも！　あかちゃんがいっぱいだね！」

「そうよ。だから、うちの子になって、赤ちゃんたちのお兄ちゃんになってくれる？」

聖大がきょとんとした表情になる。そして、遥の隣では鷹遠が身を固くした。

焦《あせ》った顔でソファから腰を浮かしかけた鷹遠の前で、聖大が大きく首を振る。

「ぼく、あかちゃんとあそびたい。でも、ぼくにはもうおとうとがいるの。だから、よそのおうちのおにいちゃんにはなれないんだよ」

ね、と聖大が子猫に笑いかける。子猫はちゃんと「にゃあ」と返事をした。

「それにね、ぼくのおうちはここだもん」

歌うような口調で言って、聖大は遥と鷹遠のあいだの隙間にすぽんと身を収めた。

その姿を眺める美和の唇に、ふわりとやわらかな笑みが浮かんだ。

「鷹遠さんと遥さんと、それからその猫ちゃんが、聖大君の大切な家族なのね？」

答えてもいいのか尋ねる表情をした聖大に、鷹遠と遥は頷く。すると「うん！　せかいいちのよにんかぞくだよ！」と胸を張って答えた聖大の頭を撫で、鷹遠が美和に向き直る。

「俺は血の濃さでは尚嗣さんに敵《かな》いません。でも、聖大は俺の——俺と遥の宝なんです。今更、離れることはできません。どうか、聖大は俺たちに育てさせてくれませんか？」

美和はゆっくりとまたたいて、笑んだ。

「本音を言うと、嫌だわ。尚嗣さんの子は私が育てたい。でも、この子をあなたたちから引き離そうとしたら、私は可愛い王子様を攫う悪い魔女になるわね、きっと」

冗談めかした言葉を穏やかに紡いだ美和と、微苦笑で応じた遥と鷹遠を、聖大が不思議そうな顔で順番に見やる。

「櫻本のお義父さんとお義母さんはご存じなの？」

「俺たちのことは話しました。でも、聖大のことはまだ伝えていません。お義姉さんの赤ちゃんが産まれてからのつもりだったので……」

答えた遥を見やり、美和は軽く目を細める。

「じゃあ、私だけが何も知らなかったのね。気を遣われていたのはわかるけれど、私だって家族なのにひとりだけ蚊帳《かや》の外なのはちょっと心外だわ」

すみません、と遥は詫《わ》びる。

「そうねえ。じゃあ、こうしましょう。お義父さんとお義母さんに聖大君のことを話すとき、私もちゃんと混ぜて。そうしたら、私はあなたたちの応援をするわ。聖大君のこと、私に異存

がなければ、お義母さんたちは何も言わないでしょうし」

美和が味方についてくれるのなら、これほど心強いことはない。

「——ぜひお願いします」

鷹遠とふたりで頭を下げたその上で、インターフォンが響く。尚嗣が到着したようだ。それを察したらしい美和が「きっと尚嗣さんね」と笑って立ち上がる。

「話したいことは話せたから、今日はこれで帰るわね」

遥と鷹遠は聖大を連れて、美和と玄関へ向かう。外廊下に立つスーツ姿の尚嗣を、美和が「おばさんの世界一の旦那《だんな》さまよ。それから、遥さんのお兄さんなのよ」と紹介する。

状況が把握《はあく》できず、怪訝《けげん》そうな表情を作った尚嗣の足もとで、聖大が「ハルカちゃんのおにいちゃん？　ハルカちゃんににてる！　すごいね！」と目を輝かせた。

「尚嗣さん、聖大君よ」

美和の紹介を受け、尚嗣は戸惑《とまど》う面持ちのまま聖大と視線を合わせ、ややあって「やあ」と言った。聖大に自覚はなくても親子の初対面なのだからもっとほかに言葉がありそうなものだが、尚嗣らしいぎこちなさだ。

聖大が無邪気に「こんばんは」と返す。その腕の中で猫も「にゃあ」と挨拶をした。

美和が「本当に可愛い兄弟ね、あなたたち」と笑うと、尚嗣が「兄弟？」と首を傾げる。

「聖大君。赤ちゃんが産まれたら、おじさんとおばさんの家にも遊びに来てね」

「こんなに疲れた一日は初めてだ……」

リビングのソファに倒れこんだ鷹遠が、大きく息をつく。

家で色々話しましょうと美和に背を押され、解《げ》せない色をますます濃くしていた尚嗣と、そして市原をもう一度見送ったあと、三人と一匹で食事をした。それから、風呂に入って聖大と子猫を寝かしつけた頃には、二十二時を過ぎていた。

「本当に。だけど、結果的にはいい一日だったな」

「ああ。飛び入りの家族が増えたし、……たぶん一生口をきくことはないだろうと思ってた人とも家族になれたしな」

感慨《かんがい》深げに言った鷹遠と微笑み合う。その直後、テーブルの上で鷹遠のスマートフォンが鳴った。それを手に取った鷹遠が片眉を持ち上げる。武川からのメールだったそうで「主任の甥御さんの本当のお母さんが署長ってマジですか？」と書かれた文面を見せられる。

「……今頃、署内で俺は面白《おもしろ》おかしいネタにされてるんだろうな」

そんなことで腹を立てるほど狭量《きょうりょう》ではないつもりだが、明日は好奇の目の嵐に晒《さら》されるだろうことを思うと、少し気が重い。

「いや。むしろ、この世の理《ことわり》を超えた世界一の美人署長の魅力に皆で酔《よ》いしれてるみたいだぞ。

羽柴たちは感動のあまり、これからはお前に命を捧《ささ》げる覚悟で勤務するってさ」

「何だ、それ」

「キャリア署長に顔と名前を覚えてもらっていただけでも感動なのに、特技まで把握《はあく》されていて腰を抜かしたんだろう」

「どうしてだ？　部下の履歴《りれき》や特性の把握は、組織の長としての義務だろう」

「ま、世の中にはそう考えない組織の長もいるってことだ」

肩をすくめ、鷹遠は身を起こす。伸びてきた腕に導かれ、鷹遠の脚の上に腰掛ける。

「俺の自慢の薔薇の蕾だ」

囁くように告げた男の視線が甘く絡んでくる。

「なあ、遥。今日はもうこんな時間だし、明日も出勤だ。本当なら理性を働かせるべきなんだろうが、どうしても我慢できない」

「え……」

「今晩は挿れて抱きたいです、署長。許可をいただけますか？」

網膜《もうまく》に沁みこんでくるようなあでやかな笑顔と直接的すぎる問いを向けられ、目眩がした。

自分の中の欲望を素直に口にするのは恥ずかしい。けれども、躊躇う時間を惜しいと思う気持ちが勝った。

「明日のことを忘れて暴走しないなら許可する」

了解、と敬礼の真似事をした鷹遠は、遥の手を引いて立ち上がる。

「しかし正直、こういう署長プレイ、萌えるな」

言って、腰に擦りつけられた鷹遠のそこは、もうごりごりとした硬さと熱を宿していた。今の会話のどこでこれほど興奮したのか、遥には少し不思議だった。

「……正直、俺は時々、お前の言動が理解不能な宇宙人のものに思える」

「由緒《ゆいしょ》正しくて品行方正なお坊ちゃまは、頭の中までお上品だものな」

やわらかにたわんだ双眸に、甘く揶揄う色が宿る。

「だけど、俺がお前を愛してることはわかるだろう？」

それは疑うべくもないことだ。わかる、と小さく答えた唇を甘噛みされ、鷹遠の寝室へ導かれたあとは、縺《もつ》れるようにベッドに倒れこんだ。

唇を啄むキスを繰り返されながら、服を脱がされる。遥も鷹遠の服を奪う。ベッドでの濃厚な行為はひと月ぶりだ。皮膚を甘く吸う唇の感触に劣情を強く刺激され、纏《まと》うものがなくなったときには遥はすっかり勃起していた。

向き合う格好で座り、片膝を立てている鷹遠のペニスは、天を突いてそそり立つその先端からすでに淫液をしとどに滴《したた》り落としていた。分厚く張り出した亀頭はぐっしょりと濡れ、ぬらぬらと黒光りする幹に太く浮き上がる血管は音が聞こえそうなほどの激しさで脈打っている。その根元では、陰嚢が見た目にも重たげにずっしりと垂れ、雄々しさを誇示《こじ》していた。

自分を求めて猛《たけ》るさまが、心の底から愛おしかった。鷹遠のそこを、遥はうっとりと見つめる。そして、気がつくと吸い寄せられるようにして鷹遠の脚のあいだで身を屈め、威容《いよう》を誇る雄に舌を這わせていた。

脈動する熱い皮膚を裏筋に沿って舐め上げるつど、幹が太く膨張してぐぐっと伸び上がる。切っ先からあふれ出る淫液の量もどっと増える。どんどんと獰猛《どうもう》になっていく凶器の形に遥の興奮も深まった。気がつけば、四つん這いの姿勢で高く掲《かか》げた腰をはしたなく振り立てていた。

「遥……」

鷹遠の手が臀部へ伸びてきたかと思うと、双丘の丸みを少し荒々しく揉みしだいた指がそのはざまへぬるりと落ちる。

「あっ！」

指は窄《すぼ》まりの表面を撫でたあと、中央を無遠慮に突いた。遥が口淫に没頭《ぼっとう》していたあいだにローションを纏っていたらしく、濡れた指はにゅるんとなめらかに中へ埋まった。

「――ふ、ぁっ」

興奮の度合いを示すかのように、指の動きは最初から激しかった。一本から二本、二本から三本と数を増やしながら、速い速度で出入りを繰り返す。

硬くて長い指が、肉洞にぬめりと快感を広げる。内部の粘膜はたちまち潤み、なすりつけられるローションを啜るように卑猥に粘りつく水音を響かせた。

「う、う、うっ。たか、と……っ」

中をじゅっぷじゅっぷと突かれ、掘りこまれるたびに甘い痺《しび》れが下腹部を襲い、上半身が前へ前へと倒れた。その反動で高く上がった腰は、ますます卑猥に揺れ回った。

「あ、あ、あ……っ、あぁんっ」

肉襞を捲り上げる勢いで出てきてはすぐさま内側へ沈む指に内部をずんずんとえぐられ、捏《こ》ね突《つ》かれる。しどけなく開いた脚のあいだでは膨らんだペニスと陰嚢がぶるんぶるんと大きく振動し、秘裂から垂れる蜜を四方へ飛び散らしていた。

そんな痴態《ちたい》を恥ずかしいと感じる余裕など、遥にはもうなかった。火照りがひどくなるばかりで、瞼《まぶた》の裏では快感が強く明滅していた。

ぱんぱんに膨らんだペニスにいつもより早い極まりが訪れようとしているのを感じ、遥はシーツに爪を立てた。

「——っ、も、だめ、だっ。でそうっ……っ、でる……！」

眼前にそびえる赤黒い怒張に顔を擦りつけ、遥は限界が近いことを訴える。後孔をぎゅっと引き絞った瞬間、きつい収縮を跳ね返して指が抜け出たかと思うと、いきなり身体を仰向けにひっくり返され、脚を左右に大きく割られた。

睦《むつ》み合《あ》うときにしか見せない荒っぽい雄の手つきが、甘美な目眩を誘う。肌がぞくぞくとざわめいて下腹部が波打ち、空に突き出たペニスが白く濁《にご》ったものをにゅっと少しだけ飛ばした。

「は、ぁ……っ」

「天国みたいにいい眺めだ」

膝立ちになった鷹遠が獣《けもの》の色を濃くする双眸を細め、自身の勃起を扱《しご》き上《あ》げた。忙《せわ》しない手の動きに合わせて、ぶしゅっと透明な欲情が噴き出す。

棍棒《こんぼう》めいた太さを誇示して粘液をぐっしょりと纏うそれも、弾ける寸前だ。

「遥、俺もあんまりもちそうにない。挿れたとたん、お前の中に出しそうだ」

不穏な言葉と共に熱い剛直の切っ先が押しつけられる。秘所の窪《くぼ》みに圧力が掛かって、花襞のふちがわずかに捲れ上がる。

施《ほどこ》された指淫でほころんでいたせいか、鷹遠の多すぎる先走りのせいか、指とは比べものにならない質量を持つ熱塊《ねっかい》の先端部が何の抵抗感もなく、吸いこまれるように孔の中へ沈んだ。

「――ああぁっ」

「……っ、入り口の襞は熱烈歓迎で俺をつるっと呑みこんだくせに、中はぎゅうぎゅうきつく絡みついてくる」

美しいのにひどく卑猥にも見える笑みを湛《たた》えた鷹遠が遥の両脚を抱《かか》え、ゆっくりと挿入《そうにゅう》を続ける。腰が浮く体位で繋がっているために、極太のペニスの赤黒く長い幹の部分が自分の中へずるずるもぐりこんでくるのが見えてしまい、その淫靡きわまりないさまが網膜に焼きつく。

「あ、あ、あ……」

秘所と一緒に視覚まで侵されているかのような錯覚《さっかく》に襲われ、脳裏で火花が爆《は》ぜる。根元から右へ左へ大きくくねり上がったペニスがびゅびゅっと精液を飛ばす。

「――あああぁ！」

鮮烈な歓喜が背を鋭く走り、脳髄《のうずい》を震わせた。肉筒にも絶頂の波が広がり、内壁がぞろんぞろんと激しくうねり立ったが、挿入はとまらない。

容赦《ようしゃ》のない力で、鷹遠が腰を突き出す。汗の浮く臀部に陰囊が強かに叩きつけられると同時に、痙攣する隘路《あいろ》の奥を肉の杭《くい》で串刺《くしざ》しにされた。

「ひうぅぅっ！」

眼前が一瞬白むほどの重い衝撃が下半身に響いた直後、鷹遠が今度は腰を引いた。わななく粘膜がずりずりと深く強く擦られる。太々と張り出した亀頭冠は肉環から抜け出る寸前に、再び奥を突きに戻ってきた。

亀頭のふちで襞をぐぼっと捲り上げては内部へ巻きこみながら、鷹遠は凄《すさ》まじい速さの律動を繰り返す。絶頂を迎えているさなかに次々と送りこまれる苛烈《かれつ》な突き上げに、遥は悲鳴を高く散らして身悶《みもだ》えた。

「ああっ！　あっ、あっ、あ……！」

神経が灼《や》けつきそうな強烈な愉悦からどうにか逃れたくて、夢中で空を蹴り立てていたとき、肉襞が内側からぐうっと引き延ばされたのを感じた。

「──ひぁっ」

体内を突きえぐるペニスが膨張している。あからさまに膨らんで硬くなり、張りつめた切っ先が奥へと伸びてくる。

その逞しい変貌《へんぼう》がもたらす甘美な快感に強い目眩を覚えた瞬間、鷹遠が射精した。

「……っ、遥……っ」

身体の奥深い場所で熱い精液がどっと噴き上がる。粘りつく重い流れに粘膜をびゅろびゅろと叩かれる感触に頭の芯が痺《しび》れた。力なく萎《しぼ》んでいた遥のペニスもぷるりと揺れて、薄く濁《にご》った欲の残滓《ざんし》を細く押し出した。

「あ、あ、あ……。は、ぁ……」

愛おしい雄と繋げた身体に幸福感が満ちてゆく。すべてを愛され、征服された歓喜の波の中で喘《あえ》いでいると、鷹遠がゆっくりと腰を引いた。

内壁をずりすりとえぐって後退する鷹遠のペニスは夥《おびただ》しい量の精を放ってもなお、みっしりとした太さと硬さを保っていた。そのせいで、凶暴に張り出したままの笠のふちが肉環に引っかかってとまった。

鷹遠はそれを強引に抜き出す。

「ふっ……、くぅっ」

蕩けた肉襞を弾き上げるように捲られ、硬くて太い熱塊がずぼんと体内から引き抜かれた重い振動が腰に響いて得も言われぬ感覚を生み、眦に薄く涙が滲《にじ》む。

失った充溢感《じゅういつかん》を恋しがり、襞を猥《みだ》りがわしく波打たせる肉洞の奥からも喜悦の雫《しずく》のような滴りがとろりと糸を引いてこぼれ、割れ目の浅い溝を流れ落ちる。

「綺麗だ、遥」

「たか、と……」

愛し合った喜びを抱く姿に「綺麗だ」と言葉を贈られたのかと思い、遥は深い悦楽の余韻《よいん》に揺られ空を彷徨《さまよ》わせていた視線を、自分の脚のあいだで膝立ちになっている男に向けた。

鷹遠はわずかに前屈みになり、放たれたばかりの雄の精液を垂らす孔を凝視《ぎょうし》していた。

「――なっ。ば、馬鹿っ。どこ、見て……っ」

期待が外れた落胆《らくたん》よりも猛烈な羞恥が頭の中で弾けた。遥は反射的に身を起こし、伸ばした手でふたりぶんの体液にまみれたそこを覆った。

「遥、隠すなよ。見せてくれ」

鷹遠が顔を上げ、雄の精を漏らす蕾を包みこんだ手の甲を指先で押す。

「見たいんだ」

告げる声音はそよぐようにやわらかで、遥の手の甲を這う指の動きも優しい。けれども、遥を見つめる眼差しは、興奮しきって舌舐めずりをする獣のそれだった。

剝《む》き出《だ》しにされた露骨《ろこつ》な欲情が、静まりかけていた遥の熱を刺激する。理性を働かせたり、言葉で返事をするよりも先に、身体が反応した。伸ばした手の下で萎えていたペニスがぴくんとしなって膨らんだ。──もう一度、この獣に快楽を与えられた劣情と共に。

「遥」

再び発せられた自分を呼ぶ声に、遥はもう抗《あらが》えなかった。

外した手と鷹遠の指がすぐさま入れ替わる。とろりとろりと漏れこぼれてくる粘液で表面の襞を淫らな白に染めて濡れる窪みを観察されながら、その周縁をぐるりと撫でられた。

「俺の愛で開花した薔薇に朝露《あさつゆ》が浮かんでるみたいだ」

聞こえてきた不思議な言葉の意味はよくわからなかった。理解する前に孔を突かれ、尖った快感が思考を弾き飛ばしたからだ。

「ふっ、あ……。は……、あぁん……っ」

垂れ落ちる精液を体内へ押し戻されながら、ぬるりぬるりと粘膜を擦られ、狭い肉の路をくぷっくぷっとつつかれるのはたまらなかった。

わななく内腿が勝手にじわじわと開いてしまう。その中央では、半勃ち状態で揺れていたペニスがみるみる硬さを取り戻し、物欲しげに頭を高く掲げた。

「遥。もっと気持ちよくしてやろうか？」

甘い声音に唆《そそのか》されるまま、遥は恍惚《こうこつ》として頷いた。

指が抜かれる。喪失感《そうしつかん》を覚える間もなく、隆々と猛る雄が押し入ってきた。

「――ああっ！」

ひくつく肉環をぐぷんと突き刺されると同時に、ぬかるむ隘路が奥の奥までぬるるるっと一気に掘りえぐられた。腰から全身へ駆け抜けた甘美な衝撃に耐えきれず、遥は背をシーツの上に倒した。

そのまま覆い被さってきた鷹遠が、強靱《きょうじん》な腰遣いで遥を責めはじめた。

長大な熱塊が繰り出す重く、なのに凄まじく速い抽挿《ちゅうそう》が遥の中を掻き回す。まだ奥に残る精液ごと爛熟した肉筒があますところなく突き穿《うが》たれ、擦り立てられ、強く深く攪拌《かくはん》される。

「あああ！　あぁぁっ、あっ、あ――っ」

情熱的な抜き挿しの圧力で、蕩《とろ》けた肉がにゅちゅう、ぐちゅうとさらに潰される水音。鷹遠の陰嚢が遥の濡れた肌を容赦《ようしゃ》なく打擲《ちょうちゃく》する音。壊れるのではないかと思うほど激しく軋《きし》むベッドの音。どちらのものとも区別がつかない荒い息づかい。

耳に流れこんでくるたくさんの淫猥《いんわい》な音と、ひっきりなしに沸き起こる歓喜の渦《うず》が、頭の中を浸食した。気持ちがよくて、よくて、どうしようもなく、悦楽に酔いしれること以外、遥は何もできなくなった。

「あっ、あ……、はっ、……あぁん」

鷹遠の背に腕を回して縋《すが》りつくと、雄々しい筋肉の躍動《やくどう》が全身に響いて快感を増幅《ぞうふく》した。結合部のかすかなあわいから、泡立った白濁がじゅぷぷ、じゅぷぷと飛び散っているのがわかる。

どろどろに蕩けた肉が硬いペニスにねっとりと纏わりついて離れないせいで、鷹遠が抜け出る動きを見せるときには襞が亀頭のふちに引き伸ばされて、その形に盛り上がっているのも感じる。何もかもが鮮烈な快感となって遥を襲う。

「――あぁ！　いい……、いいっ」

あられもない嬌声《きょうせい》を響かせて下腹部に力を入れた瞬間、亀頭と幹のあいだの高い段差できつく収縮した内壁をごりりと強くえぐられた。

「ひうぅっ」

腰骨が灼《や》かれるかのような電流が走り、遥は悶絶《もんぜつ》した。跳ね上がった爪先をひくひくと痙攣させながら絶頂を迎えた遥の中で、鷹遠もぶるんと躍り上がって射精した。

今度もまた大量にまき散らされた精液は肉筒に収まりきらず、結合部のはざまからねろねろと漏れてきた。

「あ、あ、あ……」

しばらくは互いにただ息を弾ませるだけだった。やがて乱れた呼吸が整った頃、どちらからともなく口づけた。

「遥、悪かった」

「……え？」

「二回した」

反省の眼差しを向けられ、遥は小さく笑う。

「三回したら怒っただろうが、二回なら、まあ許容範囲だ」

許しを与えた唇を嬉しげに啄まれる。浅く、深く、口づけを繰り返す。

「遥、愛してる」

「俺も……」

「扶養《ふよう》家族も増えたことだし、責任を持ってお前も聖大も猫も幸せにするから、皆でいい家族になろうな」

穏やかな言葉が胸にじわりと沁みこんできて、視界のふちが滲んだ。吐息を震わせて頷くと、鷹遠がさすがに容積を減らしたペニスを遥の中から抜いた。

そして、白濁の泡にまみれたそこへ顔を近づけて言った。

「お前も世界一幸せな薔薇の蕾にしてやるから、これからもよろしくな」

気のせいか、遥の唇へのキスよりも甘い口づけが、濡れてほころんだ蕾へ何度も施される。

「……鷹遠。知っているとは思うが、そんなところに話しかけても返事は返ってこないぞ?」

「返事があるかないかは問題じゃない。花は大事に世話をして話しかけてやると、ますます美しくなるんだ。お前は自分でここを見ることができないから実感は難しいかもしれないが、現に俺たちの薔薇の蕾は愛し合うごとに麗しさを増している」

本気の真剣さしか感じられない声音に、遥はぽかんとまたたいた。その拍子に、感動の涙もすっかり引っ込んでしまった。だが、べつに不満はない。

尻の孔を「薔薇の蕾」と讃《たた》える宇宙人的感性には戸惑うしかないし、たぶんこの先も共感することは難しいだろう。けれど、愛されている実感ははっきりとあるのだから、それだけで十分だ。毎日、胸を弾ませて過ごすことができる。

「お前の宇宙語やフェティシズムはさっぱり理解できないが、とりあえず俺はもう幸せだ」

「奇遇だな。俺も幸せで胸がはち切れそうだ」

そんな言葉を口にして微笑み合うと、胸の中で幸せな気持ちがまた膨らんだ。


それから二日後の土曜日、皆で動物病院に併設されている猫カフェへ赴《おもむ》いた。保護した猫の里親を探すことを主目的に運営されているそこでは、病院のかかりつけになった猫のケアの仕方を教わることができる。本やネットを利用するよりも、直接プロの指導を受けるほうが間違いがないので、鷹遠が休みを強引にもぎ取って講習を申しこんだのだ。

食事の注意点、シャンプーやブラッシングの仕方、トイレや爪とぎのしつけ方。そうした基本的なことを学んだ帰り際、病院にも寄った。カルテに、聖大が二日がかりで考えた子猫の名前を記載してもらうためだ。

成長すればしっとりするそうだが、真っ黒の子猫の毛先は今はまだふわふわつんつんと立っていて、丸まるとウニに似ている。だから、聖大は「うに」と名づけた。

「鷹遠うに君。素敵なお名前ね」

受付のスタッフにそう褒められて嬉しかったようだ。聖大は帰宅すると、うにのトイレやもうすぐ使う日が来るだろう食器類にマジックで名前を記しはじめた。

「たかとおうに！　おまえのなまえは、たかとおうにだよ。わかった？」

五歳にしてはなかなか上手い字を書く聖大に、うにが「にゃあん」と返事をする。聖大はさらにはしゃいで「うに、うに」と名前を何度も呼ぶ。うにもそのつど「にゃぁ」と鳴いて尻尾をふりふり揺らす。きっと、うににとって聖大の純粋な愛情だけが詰まった言葉は、遥にとっての変態愛が織りこまれた鷹遠の宇宙語よりもずっと理解しやすいものなのだろう。

何時間でも眺めていられそうな可愛らしい光景に、遥は鷹遠とふたりして際限なく頬をゆるませた。せっかくなので、うにの名前が決まった記念の家族写真を撮ろうということになり、鷹遠がカメラと三脚を持ってくる。

「おにわのチューリップのまえでとろうよ。あそこがいちばんきれいだもん」

聖大がうにを抱いて庭へ出る。そのあとを追いかけようとしたとき、尚嗣から電話が掛かってきた。スピーカーホンにして、鷹遠と一緒に応じる。

聖大は二日かけてうにの名前を決めたが、尚嗣と美和は二日をかけて長い話し合いをしたそうだ。今までお互いに意識的に避けてきた綸子のことはもちろん、ふたりのあいだに確かに存在した綸子という見えない壁に双方が遠慮して、口にできなかったたくさんのことを。

美和の一番の趣味が実は釣りで月に一度は夫婦で釣りに行きたいと思っていたことにインド派の尚嗣は最も衝撃を受け、美和は月に一度作るか作らないかのカレーを尚嗣が週に一度は出してほしいと密かに考えていたことに目を丸くしていたらしい。

『私は美和を生涯を添い遂《と》げる妻として慈《いつく》しんできたつもりだったが……、今回のことで初めて本当の夫婦になれた気がする』

淡い苦笑いを宿す声で告げたあと、尚嗣は一呼吸置いて鷹遠を呼んだ。

『征臣。君は私が美和と幸福な家庭を築くことを許してくれるか？』

鷹遠は瑞々しい新緑に彩《いろど》られた春の庭でうにと戯《たわむ》れる聖大を見やり、双眸を細める。

「一年前なら答えに躊躇ったかもしれません。でも今は、迷いなく『はい』と言えます。きっと、尚嗣さんの幸せを一番に願っていた姉貴の答えも同じです」

『そうか……』

ええ、と鷹遠は静かに、だがはっきりと頷く。

『征臣、遥。私は綸子の本心にも、美和の本心にも長いあいだ気づけなかった愚か者だが、これだけは確信を持って断言できる。美和は聖大に対して負の感情は何も抱いていない。だから、美和の子が生まれたら、聖大をつれて会いに来てくれるか？』

遥は鷹遠と頷き合い、「もちろんです」と返す。

『尚嗣さん。俺は、聖大が来年小学校に上がるまでに養子縁組の手続きをすませるつもりですが、本当にそれでかまいませんか？』

鷹遠の問いかけのあと、尚嗣が息を呑んだ気配をかすかに感じた。すぐに『ああ』と答えが続いたが、その声は無理やり絞《しぼ》り出《だ》されたもののように聞こえた。

実際に聖大に対面して生じた情と迷いを、尚嗣は腹の奥にしまいこんだのかもしれない。

『聖大のことも、美和と話し合った。あの子のためには……、私は「ハルカちゃんのおにいちゃん」でいたほうがよさそうだからな。改めて、聖大のことをよろしく頼む』

はい、と鷹遠が声を強く響かせる。

もう美和に隠す必要はなくなったので、聖大のことを鎌倉の両親に打ち明ける時期は近いうちに決め直そうと話し、電話を切る。

「ねえ、まだ？　うにがたいくつだって！」

庭から聖大が焦れた声を上げる。うにも、にゃあにゃあと急《せ》かすふうに鳴く。

ふたりで急いで庭へ出る。三脚に載せたカメラのファインダーをのぞく鷹遠の指示に従い、遥は聖大とチューリップの花壇《かだん》の前で並ぶ。そして、ふと思い立ち、聖大を抱き上げようとした。そのほうが、ぎゅっと密着した家族写真が撮れると思ったのだ。

けれども、聖大は遥の腕を拒んだ。

「ぼく、もうおにいちゃんだから、ママのだっこもそつぎょうしないといけないもん」

聖大はそう告げて、少しもじもじしながら続けた。

「あのね。あさおきて、ハルカちゃんがいないとほんとうはさみしかったけど、おにいちゃんになったから、もうだいじょうぶだよ」

サクランボのように愛らしい唇からこぼされた言葉に打たれた胸が苦しくなる。遥は我慢ができずに聖大を抱き上げた。

「うにと初めて一緒に撮る記念の家族写真だから、これを最後の抱っこにしよう」

遥の提案に、聖大ははにかみつつも素直に頷いてくれた。

「聖大はママに抱っこされて写るのか？」

飛んできた揶揄いの声に、聖大は「うん」とこっくり頷く。鷹遠とそっくりのくるくるした癖毛が、やわらかく弾む。

「よし。じゃあ、そのまま笑顔でじっとしてろよ」

カメラのタイマーをセットした鷹遠に返事をするように、うにが「にゃあん」と鳴く。

聖大がうにを抱き、その聖大を遥が抱き、さらに横に並んだ鷹遠が遥の肩に腕を回す。

空気を優しくきらめかせる春の陽光が眩《まぶ》しくて、遥は目を少し細める。それから、三人と一匹でカメラレンズに笑顔を向けた。

夏とプールと水鉄砲
natsu to
pool to
mizudeppou
バーン!
バンバーン!
きゃっ
きゃっ
バーン!
ぴくっ
ぴくっ
休憩時間だぞ
おーい
わっ

ねえ
ユキちゃんと
ハルカちゃんは
どっちがほんもののてっぽうをうつのがじょうずなの？
それはユキちゃんだ
俺は拳銃は滅多《めった》に触らないからな
じゃあ
ユキちゃんはまいにちうつの？
毎日は撃《う》たないが撃ったら百発百中だぞ
すごーい！
ニア

ぴょん
うにまた
おりられなく
なってるー！
百発百中は
JARO通報レベル
の誇大広告じゃ
ないか？
しゃあしゃあと…
そんなことは
ないぞ
プ
シャー！
びくっ

結構勢いあるなこれ!
な?
…通報レベルの昼間《ちゅうかん》破廉恥《はれんち》罪だぞ
ちゅーかんはれんちざいってなに?
ナ
にやにや
?
ニャーン

あとがき

AFTERWORD

―鳥谷しず―

恐ろしいくらい久しぶりの新刊です。前作から一体何をやっていたのかというと、今年は何かと巡《めぐ》り合《あ》わせが悪いようで予定の変更がこれでもかと重なって凹《へこ》むあまりダークサイドへ転落したり、漫画原作やCDのシナリオをたくさん書いたり、まだ秘密の諸々《もろもろ》を暗黒水面下でダークに準備したり、耳鼻科の患者《かんじゃ》になってダークサイドから生還《せいかん》したりしておりました。

年が明けてすぐのことです。「何じゃこりゃ～」な凄《すさ》まじい頭痛に襲われた私は「MRI！MRI！」と叫んでかかりつけの病院へ転がり込みました。しかし、ダークフォースが影響したのかMRIが起動してくれず、先生が「おっかしいな～」と首を捻《ひね》りながら電源オン・オフを繰り返すそばですっかり暗黒色に染まった心が「これは凶兆《きょうちょう》に違いない」と悲観的に訴《うった》えるのでますます落ち込んでいたら半日がかりの診断結果は蓄膿《ちくのう》症が原因の頭痛で処方薬を飲んだら頭は一発で治ったものの、鼻の治療《ちりょう》は根気よくねと言われたので薬が切れた頃、深く考えずにMRI先生の病院より近い耳鼻科へ「かくかくしかじかでお薬くださいな」と行ったらそこでも私が指定位置に座った途端レントゲンが壊れたり、そのレントゲン先生とMRI先生がまさかの先輩・後輩で「あやつめ、こんな患者はすぐに耳鼻科へ回さんか！　説教だ！」とレントゲン先生まで激しくご機嫌斜《なな》めになり、「いや、別にMRI先生に不満があったわけではなく、単に家からの距離の問題でこっちへ来ただけなんです。そんなことされたらこのあとＭＲＩ先生のとこへ行きにくくなるからやめて〜」と動揺しつつ言い出せなかったり（後日、ＭＲＩ先生をどう叱《しか》ったかの報告がありました）、そんなこんなでダークサイドの深みに沈《しず》みつつ始まった耳鼻科通いで、ある時から声楽家のお嬢《じょう》さんとよくバッティングするようになりました。私がふがふがネブライザー吸入をやりながら鼻水を垂《た》らしている後ろで「らららら〜」と美しい声が聞こえるのです。通院しているのですから具合が悪いのでしょうけれど、とにかくそれはもう美しい「ら〜」なのです。美しすぎて夢見心地な「ら〜」に「シビれる〜」と耳を傾けるうちにいつの間にか心が癒《いや》され、私はダークサイドから生還しておりました。

最終的に「歌はいいね」と訴えたかった私のダークサイド帰還物語な前置きが長くなりましたが、この『溺愛《できあい》スウィートホーム』は橋本《はしもと》あおい先生に超絶素敵なイラストと漫画を描いていただいたおかげで九月にＣＤになります！　私はシナリオ参加したりしておりますので、ＣＤもよろしくお願いします！　今年は小説ではあまりお目にかかれそうにありませんが（でも色んな嬉しい予定や企画をかなり先までいただいておりますので、来年から復活しますよ）、原作を担当しました漫画「蜜《みつ》より甘い毒でお前を支配する」がＷｅｂ連載中ですので、年内はこちらをよろしくです。作画担当の雨宮《あまみや》かよう先生の絵が素晴らしいですよ！

幸運の女神の橋本先生、担当様はじめ新書館の皆様、今作に関わってくださった全ての皆様、そして手に取ってくださった皆様に心からの感謝を。ありがとうございます!!

この本を読んでのご意見、ご感想などをお寄せください。
鳥谷しず先生・橋本あおい先生へのはげましのおたよりもお待ちしております。

〒113-0024　東京都文京区西片2-19-18　新書館
[編集部へのご意見・ご感想] ディアプラス編集部「溺愛スウィートホーム」係
[先生方へのおたより] ディアプラス編集部気付　○○先生

- 初 出 -
溺愛スウィートホーム：小説DEAR+15年アキ号（vol.59）
蜜愛スウィートホーム：書き下ろし
夏とプールと水鉄砲：小説DEAR+16年ナツ号（vol.62）
作画・橋本あおい（原作・鳥谷しず）

[できあいすうぃーとほーむ]
溺愛スウィートホーム

著者：**鳥谷しず** とりたに・しず

初版発行：2016年7月25日

発行所：株式会社 新書館
[編集] 〒113-0024
東京都文京区西片2-19-18　電話（03）3811-2631
[営業] 〒174-0043
東京都板橋区坂下1-22-14　電話（03）5970-3840
[URL] http://www.shinshokan.co.jp/

印刷・製本：株式会社光邦

ISBN978-4-403-52405-9